中华古典文学选本丛书

王维诗选

赵仁珪 王贺 选注

中华书局

图书在版编目（CIP）数据

王维诗选/赵仁珪,王贺选注. —北京:中华书局,2023.3
（中华古典文学选本丛书）
ISBN 978-7-101-15940-0

Ⅰ.王… Ⅱ.①赵…②王… Ⅲ.唐诗-注释 Ⅳ.I222.742

中国版本图书馆 CIP 数据核字（2022）第 189267 号

书　　名	王维诗选
选　　注	赵仁珪　王　贺
丛 书 名	中华古典文学选本丛书
责任编辑	孟念慈　刘　明
责任印制	陈丽娜
出版发行	中华书局
	（北京市丰台区太平桥西里 38 号　100073）
	http://www.zhbc.com.cn
	E-mail:zhbc@zhbc.com.cn
印　　刷	大厂回族自治县彩虹印刷有限公司
版　　次	2023 年 3 月第 1 版
	2023 年 3 月第 1 次印刷
规　　格	开本/880×1230 毫米　1/32
	印张 8　插页 2　字数 158 千字
印　　数	1-5000 册
国际书号	ISBN 978-7-101-15940-0
定　　价	28.00 元

王维的生平和思想

陶文鹏

　　王维(701—761)[1]是盛唐时代的杰出诗人。字摩诘,名和字都取自佛教《维摩诘经》中的维摩诘居士。祖籍太原祁(今山西祁县)。高祖、曾祖、父亲三代都做过司马。其父处廉,官汾州司马,徙家于蒲(今山西永济县),遂为蒲州人。母亲博陵崔氏,师事佛教禅宗北宗神秀的弟子大照禅师三十馀载。崔氏虔诚奉佛,对王维以后的消极避世颇有影响。

　　王维早慧,"九岁知属词"(《新唐书》本传)。开元三年(715)十五岁,就写出《题友人云母障子》诗。是年离家赴长安,谋求进取。《过秦皇墓》诗题下注曰:"时年十五。"诗即赴京都途经骊山时所作。开元四、五年,在长安,间至洛阳,先后写了《洛阳女儿行》《九月九日

1　此据赵殿成《右丞年谱》。又两《唐书·王缙传》皆谓缙卒于建中二年(781),年八十二。据此逆推,当生于公元700年。缙为维弟,断不能早生于兄。故有学者认为赵殿成之说不可信。陈铁民《王维生年新探》(《唐代文学研究》第一辑)认为,两《唐书·王缙传》关于缙卒年的记载大抵不误,而关于其享年的记载则未必无误,并据王维《与魏居士书》曰"仆年且六十",考证王维此文作于乾元元年(758)春之后。从王维的诗文中寻出内证,认为赵殿成所定王维生年实际不误。兹从陈说。

忆山东兄弟》诗。开元六年(718)十八岁,有《哭祖六自虚》诗。诗中有"念昔同携手,风期不暂捐。南山俱隐逸,东洛类神仙"之句。据此可知,王维在此年以前居长安时,曾和祖六一起隐于终南,并往游东洛。

开元七年七月,赴京兆府试,举解头。《太平广记》引薛用弱《集异记》说他年未弱冠,岐王推荐给某公主。他扮作乐师,奏《郁轮袍》,得公主赏识,因此得中解元。小说家言,不完全可信。

王维中解元后,自应在次年即开元八年(720)正月就试吏部,但《旧唐书》本传称维开元九年登进士第,故开元八年王维当或因故未参加考试,或应试落第。据史籍载,他在这几年常游历于宁王、岐王、薛王等豪贵之门。由于他能诗善画,工草隶,通音律,故所到之处,都受到爱重。他的《息夫人》《从岐王夜宴卫家山池应教》《从岐王过杨氏别业应教》等诗,均是随从诸王游宴时所作。

开元九年春,王维擢进士第,释褐为太乐丞。这是太常寺的属官太乐令的副手,主要负责音乐、舞蹈的教习、排练事务。但在这年夏秋之交,王维就被贬为济州(今山东茌平西南)司仓参军。贬官的原因,据《集异记》说,是王维下属的伶人私自表演了专供皇帝观赏的黄狮子舞。然而这或许只是表象,另有深刻的政治背景。有学者认为,当时的执政者张说不满意于史官刘知幾、吴兢等编纂《则天实录》的直笔,刘知幾之子刘贶当时恰为太乐令,张说即借伶人擅舞黄狮子事打击刘氏父子,王维因此被牵累,与刘贶一起获罪贬官。刘知幾不服,上诉,亦被贬为安州别驾[1]。王维《被出济州》诗云:"执政方持法,明君无此心。"隐隐透露其中消息。也有学者认为,玄宗对其兄弟岐王范、宁王宪和薛王业有猜忌防范之心,曾于开元八年十月连发两桩大案,贬逐或杀害三王的亲信。王维与三王曾有过来往,他的坐罪被贬与此有关[2]。

出贬济州,对于刚刚踏上仕途的王维是一个沉重的打击,他因此感受到了官场的险恶。诗人怀着愤怨的心情到济州赴任。王维在济州生活了四年多。其间,曾到过郓州(今山东东平西北),又曾渡黄河到清河(今河北清河),集中留下了诗作。开元十四年(726)春夏之间,他离济州司仓参军任。十五年,官淇上(淇水在河南北部,源出林县东南)。由于官职低微,政治失意,诗人滋生了归隐山林的思想。不久,他就弃官在淇上隐居。集中《偶然作六首》(其三)、《淇上即事田园》等诗,描写了他在淇上先官后隐的生活。

开元十七年(729),王维二十九岁,他回到了长安,开始从大荐福寺道光禅师学顿教。这时,他与赴京应举的诗人孟浩然交往。浩然暮秋冬初离京前,作《留别王维》诗,王维亦作《送孟六归襄阳》诗相赠。开元十九年,王维的妻子病故。他不再续娶,一直孤居三十年。

王维在回长安后的几年中,曾经入蜀。《自大散以往深林密竹蹬

---

1 参见王达津《王维的生平和诗》(《唐诗丛考》,上海古籍出版社 1986 年版)。
2 参见王从仁《王维和孟浩然》(上海古籍出版社 1983 年版)。

道盘曲四五十里至黄牛岭见黄花川》诗,是他入蜀行程开始的纪行之
作。接着又写了《青溪》《晓行巴峡》等诗。又,有的学者认为,王维
在这个期间还曾漫游江南,到过越中等地[1]。

　　开元二十二年(734),王维三十四岁。这一年,张九龄任中书令。
张九龄以词臣而为相,给王维带来了希望。当时,玄宗和张九龄都居
于东都洛阳。王维在秋天赴洛,写了《上张令公》诗,请求张九龄汲
引。在盛唐,隐逸已成为仕宦的一种途径,因此王维献诗张九龄后,即
隐居于地近东都的嵩山,待机出仕。《归嵩山作》是这一时期的作品。
张九龄对王维很赏识,第二年便提拔他任右拾遗。这个官职的品阶虽
不高,却是"扈从乘舆"的近臣,负责向皇帝进谏和举荐贤良等。王维
心情非常兴奋,他在《献始兴公》诗中说:"侧闻大君子,安问党与仇。
所不卖公器,动为苍生谋。贱子跪自陈,可为帐下不?感激有公议,曲
私非所求!"热烈赞美张九龄开明的政治主张,并表明了自己的气节
和理想抱负。

　　王维任右拾遗后,随玄宗居东都。开元二十四年(736)冬十月,
随玄宗还长安。第二年三月,王维参加了当时著名的贤相良臣的一
次集会,与会的有萧嵩、裴耀卿、张九龄、韩休、杜暹、王邱等人。王维
写了《暮春太师左右丞相诸公于韦氏逍遥谷宴集序》,文中流露出他

1　参见谭优学《王维生平事迹再探》(《西南师范学院学报》1982 年第 2 期),史双元《王
维漫游江南考述》(《南京师范大学学报》1985 年第 4 期)。

以谏官身份得以参与盛会的喜悦之情。然而好景不长。由于张九龄屡次得罪玄宗，加上李林甫诬陷，这次宴会以后一个月，张九龄就被贬为荆州长史，口蜜腹剑的李林甫执掌了朝政。王维情绪沮丧，他作为张九龄的旧人，置身在李林甫专权的险恶政治环境中，真如履冰临渊。《赠从弟司库员外䋦》诗中的"既寡遂性欢，恐招负时累"，就透露出他内心的矛盾和隐忧。他还写了《寄荆州张丞相》："所思竟何在？怅望深荆门。举世无相识，终身思旧恩。方将与农圃，艺植老丘园。"诉说对张九龄的思念和知遇之感，流露了世无知音、不如及时退隐之意。

　　然而事实上王维并没有马上归隐。这年秋天，他受命以监察御史身份出使塞上，到凉州宣慰守边将士，并被留在河西节度副使崔希逸幕下任节度判官，在那儿生活了将近一年，写了一些有名的边塞诗。开元二十六年五月，崔希逸改任河南尹，王维也自河西返回长安，仍官监察御史。

　　开元二十八年（740），王维年四十，迁殿中侍御史。这年秋天，他被派赴岭南，主持当地选拔地方官的事务。他从长安出发，经过襄阳、鄂州、夏口到了岭南桂州治所临桂。一路上，写了《汉江临泛》《哭孟浩然》等诗。开元二十九年春，他离开桂州，历湖湘、抵大江，沿江东下。经九江时，他登庐山游辨觉寺，写了《登辨觉寺》诗。又过润州，到瓦官寺拜谒璇上人，写了《谒璇上人》诗并序。然后，再循邗沟、汴水、黄河北归秦中。

　　天宝元年（742），王维转左补阙。以后，又屡迁侍御史、库部员外郎、库部郎中等职。但是，目睹朝政的黑暗腐败，他深深感到过去的开明政治已经消失。他对李林甫一伙是不满的。《重酬苑郎中》说："仙郎有意怜同舍，丞相无私断扫门。扬子解嘲徒自遣，冯唐已老复何论。"便表露了内心的牢骚。《冬日游览》中的"鸡鸣咸阳中，冠盖相追逐。丞相过列侯，群公钱光禄"等诗句，对李林甫一伙的烜赫权势还有所讽刺。他是不愿意谄媚自进、同流合污的。但是，由于他的妥协思想和软弱性格，他没有毅然辞官归隐、同李林甫统治集团彻底决裂，而是采取一种半官半隐、亦官亦隐的方式，得过且过。他在开元二十九年（741）返京以后到天宝三载（744）以前的三四年间，曾隐居于长安附近的终南山。以后，又经营了蓝田辋川别墅，作为他和母亲奉佛修行的隐居之所。当时佛教的宗派很多，其中禅宗分南北二派，即"顿教"与"渐教"。王维同这两派的禅师都有交往，对佛家各宗派的思想是兼收并蓄的，但更崇尚南宗禅学。佛教哲学的核心思想为"空"，即认为世界上的一切事物，都是虚幻不实的。王维从佛教的义学中所接受的，最重要的就是这种思想。他的许多有关佛教的诗文，如《与胡居士皆病寄此诗兼示学人二首》《西方变画赞》《荐福寺光师房花药诗序》等，都大谈"空"理。诗人一方面对奸臣专权的黑暗政治感到不满，另方面又走上一条与现实妥协、随俗浮沉的道路。但是这样做，他内心又是存在矛盾和感到痛苦的。因此便转向佛教，企图用佛教的"空"理来消除内心的痛苦，获得精神上的安慰。盛唐时代,最高统治者大力扶植道教,道教和道家思想广泛流行,社会上求长生、好神仙的风气很盛;而且出现了道教和佛教融合的趋势。王维生当其时,也接受了道教和道家的思想影响。唐玄宗一再制造玄元皇帝(道教教主老子)托梦、显灵的神话,以此迷惑群众,维护封建统治。王维即撰《贺玄元皇帝见真容表》《贺神兵助取石堡城表》等文,加以宣扬、鼓吹。他在《赠东岳焦炼师》诗中,把当时著名的女道士焦炼师写成一个身怀异术的仙人,流露了自己的崇敬之情。他自己还曾有过一段学道求仙的经历。《过太乙观贾生房》诗里,记叙他隐居终南山时,曾和贾生一起采药炼丹,学道求仙。诗人很快便认识到了神仙之事的虚妄,但仍把学道和学佛二者结合起来。"好读高僧传,时看辟谷方"(《春日上方即事》),"白法调狂象,玄言问老龙"(《黎拾遗昕裴秀才迪见过秋夜对雨之作》)便是诗人佛、道并修的自白。他将道教的守静去欲、安心坐忘、知止守分等理论和修炼方法,同佛教的修习禅定、色空观念、随缘任运等学说融合在一起。在《山中示弟》《〈璇上人〉诗序》《能禅师碑》等诗文中,都表现出融合佛道的思想倾向[1]。

　　然而,王维毕竟出身于一个仕宦家庭,从小就接受儒家正统思想的教育,他又是在政治比较清明、国家安定富强的开元盛世的社会环境中成长起来的。他在青年时代意气豪迈,渴望在政治上有所作为。

1　参见陈铁民《王维与道教》(《文学遗产》1989 年第 5 期)。

张九龄被贬以后,他对佛教的信仰越来越深,隐退思想大大发展。但他的归隐,是由于政治理想同黑暗现实矛盾所致。即使在他晚年,儒家的兼济苍生的理想也仍然没有完全丧失。在《与魏居士书》中,他明确表示不赞成许由的捐瓢洗耳,嵇康的"顿缨狂顾"和陶潜的弃官致穷,宣扬他的人生态度是:"无可无不可。可者适意,不可者不适意也。君子以布仁施义、活国济人为适意,纵其道不行,亦无意为不适意也。苟身心相离,理事俱如,则何往而不适?"这段话是诗人走"亦官亦隐"道路的自我表白。他试图将儒家的"达则兼济天下,穷则独善其身"的理论,同佛、道的随缘任运、是处适意的处世哲学统一起来。从这里,我们看到了王维兼具儒、释、道三家思想的复杂的世界观。

王维的亦官亦隐缓和了他同李林甫集团的矛盾,他的官职也能按常度升迁,曰右拾遗升至文部郎中和给事中。"中隐"使他保持了洁身自好,获得一种和平宁静的心境,又使他得以从混浊的官场脱身出来,投入大自然的怀抱。他在溪山如画的辋川,"与道友裴迪浮舟往来,弹琴赋诗,啸咏终日"(《旧唐书》本传)。他站在理想的高度追求大自然的美,努力发掘自然美的奥秘,创作出大量意境壮美或幽美的山水田园诗,如《终南山》、《山居秋暝》、《辋川集》等。

天宝十四载(755),王维年五十五。这年十一月,安史之乱爆发。次年六月,长安陷落,玄宗仓皇奔蜀。王维当时任给事中,扈从皇帝不及,被叛军俘获。他不愿做伪官,服药取痢,伪称瘖疾。安禄山将他囚禁在洛阳菩提寺，迫以伪署。七月，肃宗即位于灵武，改元至德。八月，安禄山宴其群臣于洛阳禁苑中的凝碧池，命梨园诸工奏乐，诸工皆泣。王维在菩提寺中闻悉此事，含泪赋成《菩提寺禁裴迪来相看说逆贼等凝碧池上作音乐供奉人等举声便一时泪下私成口号诵示裴迪》一诗："万户伤心生野烟，百官何日再朝天。秋槐叶落空宫里，凝碧池头奏管弦。"抒发出对帝都沦陷的悲痛和对李唐王朝的思念之情。九月，王维被迫充任了给事中伪职。

至德二载（757），唐军收复两京。凡做过伪官的人，分六等定罪。由于王维的"凝碧池"诗早就传到肃宗的临时驻地，受到肃宗嘉许，加上弟弟王缙平乱有功，愿削官为兄赎罪，因此王维得到特别宽恕。乾元元年（758）春复官，责授太子中允，加集贤殿学士。同年，又升迁为太子中庶子、中书舍人。乾元二年（759），复拜给事中。上元元年（760），王维六十岁，升任尚书右丞。

王维毕竟是一个有自知之明的人。职位越高，他对于自己"没于逆贼，不能杀身，负国偷生"（《责躬荐弟表》）的行为越感愧疚。他看到当时张后弄权、李辅国专政，朝廷上毫无振作中兴的气象，于是思想更为消沉，只感到"一生几许伤心事，不向空门何处销"（《叹白发》）。他一再请求皇帝把他"放归田里"，让他"苦行斋心"、"奉佛报恩"（《责躬荐弟表》、《谢除太子中允》）。这时，他茕独无偶，暮年无子，"在京师，日饭十数名僧，以玄谈为乐，斋中无所有，唯茶铛、药臼、经案、绳床而已。退朝以后，焚香独坐，以禅诵为事"（《旧唐书》本传）。

上元二年(761)七月,这位天才的诗人便离开了人间。死后,他被安葬在清源寺西,也就是他曾经生活了多年的辋川别业旁。

（选自《唐代文学史》［上］，乔象钟、陈铁民主编，人民文学出版社 1995 年版）

王维的诗歌艺术

陈铁民

　　袁枚《随园诗话》补遗卷一〇说："诗家两题，不过'写景、言情'四字。"在中国诗歌史上，王维是以擅长描写自然风景著称的。他的山水田园诗，多喜欢刻画一种宁静幽美的境界。如《山居秋暝》："空山新雨后，天气晚来秋。明月松间照，清泉石上流。竹喧归浣女，莲动下渔舟，随意春芳歇，王孙自可留。"写秋日傍晚雨后的山村，显得多么恬静优美！《鸟鸣涧》："人闲桂花落，夜静春山空。月出惊山鸟，时鸣春涧中。"以动写静，渲染出了春天月夜溪山一角的幽境。同是描写幽静的景色，也呈现出缤纷多姿的面貌。如"雨中草色绿堪染，水上桃花红欲然"（《辋川别业》）、"漠漠水田飞白鹭，阴阴夏木啭黄鹂"（《积雨辋川庄作》）等，色彩鲜丽；《辋川集》中的不少篇章，则清淡素净。他还有些诗勾画出了雄伟壮丽的景象（如《汉江临眺》、《终南山》），读者于此可"看积健为雄之妙"（张谦宜《𬤇斋诗谈》卷五）。

　　苏轼《书摩诘蓝田烟雨图》（见《东坡题跋》卷五）说："味摩诘之诗，诗中有画；观摩诘之画，画中有诗。"所谓"诗中有画"，是说王维的诗，能通过无形的语言，唤起读者的联想和想象，使读者在自己的头脑中形成一幅幅有形的图画。这话确乎道出了王维诗歌艺术的一个重要特点。王维是一个山水画家,他对自然景物的感觉敏锐,观察细致,善于抓住景物的主要特征,给以突出的表现。如《木兰柴》:"秋山敛馀照,飞鸟逐前侣。彩翠时分明,夕岚无处所。"《淇上即事田园》:"日隐桑柘外,河明闾井间。"皆着墨无多,即勾勒出一幅鲜明生动的图画。绘画讲究构图,他的诗也很注意景物的安排、布置。《使至塞上》:"大漠孤烟直,长河落日圆。"大漠辽阔无涯,长河纵贯其中,远方地平线有圆而红的落日,近处长河边有直而白的孤烟,四种景物安排得多么巧妙、得当,构成了一幅雄奇壮丽的边塞风光图。另外,他的诗也像绘画一样,注意色彩相互映衬的美,如"荆溪白石出,天寒红叶稀。山路元无雨,空翠湿人衣"(《山中》)、"开畦分白水,间柳发红桃"(《春园即事》),都以色彩的对照,组成一幅鲜艳明丽的图画。王维在他的诗中,还特别喜爱和擅长描写听觉里的事物,把这当作构成诗中画的一个重要艺术手段。《送梓州李使君》:"万壑树参天,千山响杜鹃。山中一半雨,树杪百重泉。"这是一个具有立体感的画面,那响彻千山的杜鹃啼鸣,声震层峦的崖巅飞瀑,使画面显得更加生动逼真。

　　王维的诗中画都不是风景写生式的。王夫之《唐诗评选》卷三说:"右丞工于用意,尤工于达意,景亦意,事亦意。前无古人,后无嗣者,文外独绝,不许有两。"指出了王维诗中的景,都是服务于表达情意的。诗人往往结合自身的印象和感受来刻画山水,《汉江临眺》:"江流天地外,山色有无中。郡邑浮前浦,波澜动远空。"写汉江的壮阔、浩淼,全从个人的印象和感觉着笔。这样写，更能唤起读者的想象，传达出山水的神韵。他还善于在写景中表达自己的心情。如《秋夜独坐》："雨中山果落，灯下草虫鸣。"以秋夜的静寂之景烘托出诗人的寂寞悲凉心情。《酬张少府》："松风吹解带，山月照弹琴。"写隐居田园的闲适生活，景、情水乳交融。总之，王维的写景诗，能做到使山水的形貌、神韵与诗人的情致完美地统一起来，给人以浑然一体的印象。由于王维笔下的景，不是与"我"无关的客体，而是为"我"之心所融会的物，所以读者便感到他诗中的景物形象，不仅做到形似，而且追求神似，达到了两者的统一。

王维的山水田园诗所表达的情意，多为隐者流连山水的闲情逸致，有的还流露了离世绝俗的禅意，因而说不上有多少社会意义。不过，也应该说，这类作品所流露出来的感情，主要是安恬闲静，而非冷寂凄清。如《竹里馆》："独坐幽篁里，弹琴复长啸。深林人不知，明月来相照。"非但流露了离尘绝世的思想情绪，还表现了诗人沉浸在寂静境界中的乐趣。又如《山居秋暝》，既写出秋日傍晚雨后山村的幽美景色，又表现了诗人陶醉于这种景色中的恬适心情。再如《新晴野望》、《辋川别业》，也流露了作者摆脱官场纷扰、回到乡间隐居的愉悦之情。而且，这类诗歌所刻画的幽静之境，是大自然之美的一种反映，对人们始终具有吸引力，所以千百年来，这些作品一直能够为人们所喜爱和欣赏。

在山水田园诗之外，王维还有大量其他题材、内容的作品。由这些作品不难看出,王维不仅工于写景,而且善于写情。王维是个重友情的人,在他的集中,表现友情的诗歌数量甚多,与其山水田园之作大抵不相上下,内容多述朋友间相思别离之情及相互关怀体贴、敦励慰勉之意。这类作品有一个共同之处,即大都写得充满感情,真挚动人,如《淇上送赵仙舟》《送杨少府贬郴州》等都是例子。这类作品表达感情的方式是多种多样的,如有的采用借景寓情、以景衬情的方式。《奉寄韦太守陟》:"寒塘映衰草,高馆落疏桐。"以萧索的秋景衬托思念故人的惆怅之情。王维很善于运用其高超的写景技巧于非山水田园诗的写作,常在这类作品中安插动人的写景佳句,使全篇为之增色。也有不少作品,采用直抒心声、主要以情语成文的表达方式。如《送元二使安西》:"劝君更尽一杯酒,西出阳关无故人。"这两句情语,妙在写惜别的绵绵情意却不道破,很有回味的馀地。语言也自然真率,"自是口语而千载如新"(胡应麟《诗薮》内编卷六)。又如《送别》《送沈子福归江东》等,都有语浅意深、馀味不尽之妙。王维集中有少量表现亲情的诗歌,同样具有充满感情、自然含蓄的优点。如《九月九日忆山东兄弟》,表现节日思亲的普遍感情,含蕴丰富。后二句"不说我想他,却说他想我,加一倍凄凉"(张谦宜《絸斋诗谈》卷五)。

　　王维今存写闺思、宫怨、爱情等的诗歌,有十馀首。在这些诗中,作者对封建时代妇女的不幸遭遇,往往抱同情态度;诗歌的艺术表现,大都有蕴藉、委婉之长。如《息夫人》:"莫以今时宠,能忘旧日恩。看花满眼泪,不共楚王言。"末二句只描摹饼师之妻的情态,"更不著判断一语"(《渔洋诗话》卷下），既表现出一个无法抗拒强暴势力凌辱的弱女子内心的无限哀怨，同时也流露了诗人对她的同情和对宁王的不满。又如《失题》《杂诗三首》《早春行》等，无不善于体会描写对象内心的委曲之处，把她们的深长之情委婉动人地表现出来。

王维写过一些揭露社会上的不合理现象、抒发内心愤慨不平的诗歌。这些作品有的直抒胸襟，如《寓言二首》其一，直截了当地抨击那些无"功德"却占据显位的贵族子弟，向他们提出义正辞严的责问，倾吐了自己胸中的垒块不平；有的成功地运用对比手法，来控诉社会的不公正，如《偶然作》其五，只把"斗鸡"的"轻薄儿"与饱学的儒生的不同境遇作鲜明对比，诗人的愤懑不平之情就自然涌出；还有的采用比兴寄托的方式，来表达这同一思想感情，如《西施咏》借咏西施，寄寓了怀才不遇的下层士人的不平与感慨。

王维写了许多首歌咏从军、边塞、侠士的诗篇。他的这一类诗歌多着眼于写人，很善于运用各种不同的表现手法，恰到好处地把人物的精神世界展现出来。如《燕支行》多用烘托手法来表现"汉家天将"的英雄气概和报国决心；《出塞作》则通过敌我双方的对比描写，鲜明地凸现了唐军将士不畏强敌的勇武精神和昂扬斗志。《从军行》通过描写战士们在战场上的行动来展现他们的英雄气概；《观猎》则通过写日常的狩猎活动以刻画将军意气风发的精神面貌。《老将行》《陇头吟》同写功勋卓著却受到不公正对待的老将的内心世界，前者采用平实叙事的手法，后者则"空际振奇"（翁方纲《七言诗三昧举隅》），选取陇关这样一个边防要塞作为背景,巧妙地将"长安少年"与"关西老将"联系起来,用"长安少年"来反衬"关西老将"。《使至塞上》和《送张判官赴河西》皆抒写出塞的壮志豪情,前者"用景写意"(王夫之《唐诗评选》卷三),后者则更多地采用直接抒发的方式。《夷门歌》、《少年行四首》都是写侠士的诗,前者主要用叙事手法来表现古代豪侠见义勇为、慷慨磊落的品格,后者则多通过描写游侠少年的某一典型活动,来揭示他们的豪迈气概和爱国热忱。

王维还写了一些言志述怀的诗,如《被出济州》、《献始兴公》、《不遇咏》、《寄荆州张丞相》、《冬夜书怀》、《冬日游览》等。这些诗歌表达感情的方式与特点,同他的那些写友情的诗歌大抵接近,此不赘述。

王维诗歌的语言,清新明丽,简洁洗炼,精警自然。不论是写景还是言情,如"洒空深巷静,积素广庭闲"(《冬晚对雪忆胡居士家》)、"渡头馀落日,墟里上孤烟"(《辋川闲居赠裴秀才迪》)、"远树带行客,孤城当落晖"(《送綦毋潜落第还乡》)、"君自故乡来,应知故乡事。来日绮窗前,寒梅著花未"(《杂诗三首》其二)、"独在异乡为异客,每逢佳节倍思亲"(《九月九日忆山东兄弟》)、"惟有相思似春色,江南江北送君归"(《送沈子福归江东》)等,都对语言作苦心锤炼,然并无炉火之迹,话语天成,自然而工。王维的诗还具有声韵和谐、富于音乐美的优点。又,他诸体诗并臻工妙,无论五古、七古、五律、七律、五排、五绝、七绝,还是四言诗、六言绝句、骚体诗,都有佳制,这在唐代诗人中是颇为罕见的。

关于王维诗歌的风格,历代诗评家有过许多评述。综括他们的意见,大致认为清淡自然是王维诗歌最突出的风格。这一风格首先体现在诗人的那些反映隐逸生活情趣的山水田园之作中。如《终南别业》:"中岁颇好道,晚家南山陲。兴来每独往,胜事空自知。行到水穷处,坐看云起时。偶然值林叟,谈笑无还期。"写景、述情,皆似信手拈来,毫不著力,可谓平淡、自然之至。然而这种"淡",并非淡而无味,而是淡而浓,淡而远,这是艺术纯熟的表现,是千锤百炼的结果,所以方回称赞此诗"有一唱三叹不可穷之妙"(《瀛奎律髓汇评》卷二三),纪昀也说"此诗之妙,由绚烂之极归于平淡"(同上)。胡应麟曾称王维是"五言清淡之宗"(《诗薮》内编卷四),这大概是由于他的那些具有淡远风格的诗歌,多采用五言形式(五古、五律、五绝)的缘故。但并不能反过来说王维的五言诗,都具有淡远风格。如他的五律,就不是只具有一种风格,沈德潜《唐诗别裁》卷九说:"右丞五言律有两种,一种以清远胜,如'行到水穷处,坐看云起时'是也;一种以雄浑胜,如'天官动将星,汉地柳条青'是也,当分别观之。"他的五古,也同样不是只具有淡远一格。至于七言诗中,具有淡远风格的作品就较少了。潘德舆《养一斋诗话》卷八说:"右丞(王维)、东川(李颀)、常侍(高适)、嘉州(岑参)七古七律,往往以雄浑悲郁、铿锵壮丽擅长。"施补华《岘佣说诗》说:"摩诘七律,有高华一体,有清远一体,皆可效法。"实际王维的七律不止具有这两体。他的七绝也同七律一样,具备多体。总之,一个大诗人不会只具有一副笔墨,王维诗歌的风格也是多样的。当然,诗人的最具自家面目、最独树一帜的风格,是清淡、简远、自然。这种诗风,使他能够在百花争艳的盛唐诗坛里卓然特立。但是,他的许多其他作品,或雄健,或浑厚,或奇峭,或壮丽,或婉曲,或平实,或俊爽,或秀雅,也都自有其不可磨灭的价值,应当给予足够的重视。

王维是开元、天宝时代最有名望的诗人,当时李白、杜甫的名望都不如他。唐代宗曾称王维为"天下文宗"、"名高希代",唐窦臮《述书赋》窦蒙(臮之兄)注也说:"二公(王维、王缙)名望,首冠一时。时议论诗,则曰王维、崔颢;论笔,则曰王缙、李邕。"天宝末年殷璠编《河岳英灵集》,其《序》云:"粤若王维、昌龄、储光羲等二十四人,皆河岳英灵也,此集便以'河岳英灵'为号。"列王维为盛唐诗人之首而不提李白。直到贞元、元和时,李、杜在唐人心目中的地位才高于王维。出现这种现象的原因颇为复杂,这里姑置不论,而只想提出一点,即由于王维在诗坛的盛名,他对当时诗歌的影响应该是相当大的。另外,开元年间是唐代诗风转变的时期,这时,南朝遗留下来的绮艳柔靡之风得到了根本扭转,从王维的名望与影响看,他在这方面所起的作用,应该也是相当大的。

(选自《王维诗选·前言》,陈铁民选注,人民文学出版社2002年版,题目为编者所加)

目
录

题友人云母障子 [1]　时年十五

君家云母障，持向野庭开。
自有山泉入，非因彩画来。

这是王维现存诗作中最早的一首。

诗人开篇便破题而入，点出题写对象。从第二句起，诗人做一悬想：这云母障子若正对着野外庭园摆放，仿佛可与山野风物融为一体，山泉自来，汩汩而流。"入"字妙，写出了山泉不招自来之感。若说屏风神似自然山水，至此仿佛已说尽，诗人却以末句逆转，称这神似并非画笔所来，而是云母天然的纹理和质地，与首句相应。

胡令能有《咏绣障》："日暮堂前花蕊娇，争拈小笔上床描。绣成安向春园里，引得黄莺下柳条。"与此诗题材和命意相近。

王维写屏风不止追求神似，更将笔触深入到大自然的鬼斧神工，其崇尚自然的审美旨趣似已初露端倪。

1　云母障子：用云母石镶嵌的屏风。云母，矿石名，主要是白色和黑色，能分成透明薄片，俗称千层纸。障子，即屏风，用以挡风或遮蔽视线。此诗作于开元三年（715 年）。

九月九日忆山东兄弟 [1]　时年十七

独在异乡为异客，每逢佳节倍思亲。
遥知兄弟登高处，遍插茱萸少一人 [2]。

———

真情流露，从来不必故意雕琢，只须直直道出，便感人肺腑。

诗人首句点破自身处境，一"独"二"异"，造语奇峭，声调促迫，将羁旅他乡、举目无亲的苦楚说尽。第二句精警新颖，道出了人人有所感却说不出的思念。诗人以"每逢""倍"两个虚词，逐层加重思乡的情绪。至此，思亲情感似已达高潮。诗人却在第三句巧妙一转，将视角推至家乡。

这种写法从对面落笔，避实就虚，"不说我想他，却说他想我，加一倍凄凉"（张谦宜《絸斋诗谈》）。唐人多有用此者，如杜甫"遥怜小儿女，未解忆长安"（《月夜》），白居易"想得家中夜深坐，还应说着远行人"（《邯郸冬至夜思家》）等。

———

1　九月九日：重阳节。山东：这里指华山以东。王维家蒲州（今山西永济），在华山东，故有此说。此诗作于开元五年（717年），王维时在长安。

2　茱萸（zhūyú）：又名越椒，果实红色，味酸，可入药。古时重阳节有登高、佩茱萸等习俗，以辟邪气、御初寒。

洛阳女儿行[1]　时年十八

洛阳女儿对门居，才可颜容十五馀[2]。
良人玉勒乘骢马[3]，侍女金盘脍鲤鱼[4]。
画阁朱楼尽相望，红桃绿柳垂檐向。
罗帷送上七香车[5]，宝扇迎归九华帐[6]。
狂夫富贵在青春[7]，意气骄奢剧季伦[8]。
自怜碧玉亲教舞[9]，不惜珊瑚持与人[10]。
春窗曙灭九微火[11]，九微片片飞花璁[12]。
戏罢曾无理曲时[13]，妆成只是薰香坐。
城中相识尽繁华，日夜经过赵李家[14]。
谁怜越女颜如玉[15]，贫贱江头自浣纱[16]！

———　梁武帝《河中之水歌》描述了嫁入豪门的女子莫愁，过着富贵奢华的生活却感到极度空虚，甚至后悔不如嫁与普通人。此诗便以此为张本，丽词艳句，踵事增华，极写洛阳女儿娇贵之态。

　　诗凡廿句五韵，四句一转，用笔浓墨重彩，甚至雕绘满眼，但择取自然，恰到好处。洛阳女儿自叙定亲、出嫁、新婚和失宠经历，看似只有器物的奢华，却蕴含跌宕复杂的感情：定亲时迷恋，出嫁时虚荣，新婚时满足，失宠时寂寞，以及无奈时自我解嘲。

　　与梁武帝原诗相比较,会发现:原诗堆砌富贵,却无灵魂;此诗神情内蕴,以洛阳女儿的感情经历为表线,却处处可见"狂夫"冶游成性和骄矜自傲。结尾着笔议论:整日盘旋富贵场的人,怎会真正怜爱美貌却出身贫贱的西施呢?比况自己,遭到遗弃更是应该的吧。斩绝有力,又倍感凄凉,令人牵出许多联想,沈德潜便称:"(此诗)结意况君子不遇也。"(《唐诗别裁集》)

——

1　洛阳女儿:指莫愁。梁武帝有《河中之水歌》:"河中之水向东流,洛阳女儿名莫愁。"行(xíng):乐曲名称之一,源于汉魏乐府,后用为诗体名称,即歌行。此诗作于开元六年(718年)。

2　才可:刚好。

3　良人:古时妻子对丈夫的称呼。玉勒:装饰有美玉的马络头。骢:青白色的马。

4　脍:切细的肉。

5　罗帏:罗帐,丝织的帘幕。七香车:用多种香料涂饰的车,泛指华美的车。

6　宝扇:这里指古时"却扇"的婚俗,即新娘出嫁,须得以扇遮面。九华帐:华丽鲜艳的床帐。

7　狂夫：古时妻子自称其夫的谦词。

8　剧：甚于，过于。季伦：西晋石崇字季伦，以豪奢著称。

9　碧玉：相传为晋朝汝南王之妾，这里指代洛阳女儿。

10　珊瑚：指许多珊瑚虫的骨骼聚集物，树状，供玩赏。这里
用西晋石崇与王恺斗富之典。一次，晋武帝赐王恺一株二尺
多高的珊瑚树，石崇用铁如意把它打碎，还拿出六七株三四尺
高的珊瑚树偿还，王恺自愧不如。

11　九微：灯名。

12　花璂（suǒ）：指雕花的连环形窗格。璂，同"琐"，连环形
花纹。

13　理曲：练习弹曲。

14　赵李：汉成帝后妃赵飞燕、李平两家，这里代指贵戚。

15　越女：指西施，春秋时期越国人，贫贱时曾在溪边浣纱，后
被越王勾践献给吴王夫差。

16　浣（huàn）纱：漂洗轻纱，引申为洗衣服。浣，洗涤。

西施咏 [1]

艳色天下重，西施宁久微 [2]？
朝为越溪女，暮作吴宫妃。
贱日岂殊众？贵来方悟稀。
邀人傅脂粉，不自着罗衣。
君宠益骄态，君怜无是非。
当时浣纱伴 [3]，莫得同车归。
持谢邻家子 [4]，效颦安可希 [5]！

　　此诗咏西施却不广引故事，甚至也不"咏赞"，只铺叙西施卑微到荣达的过程，夹叙夹议，抒发了怀才不遇者的不平与愤慨。

　　"艳色天下重"二句，将西施美貌推到极致，却缀一语"贱日岂殊众"，解构了以往诗文对西施的赞美，甚至解构了西施本身的美貌。

　　那么，到底是什么令人荣耀显达？便是君恩宠幸，所谓"君宠益骄态，君怜无是非"。感慨良深，却出之以平和之语，正是诗人本色。

　　诗中还借西施反讽了那些得幸之人的暴发户心理：脂粉要人傅，罗衣要人穿，忘记过去的卑贱和朋友。真可谓"写尽炎凉人眼界,不为题缚,乃臻斯诣"(沈德潜《唐诗别裁集》)。

1　西施:春秋时期越国女子,貌美,被越王勾践献给吴王夫差。

2　微:卑贱。

3　浣纱:见《洛阳女儿行》注。

4　持谢:奉告。

5　效颦(pín):相传西施心痛,皱着眉头。邻居丑女看到,觉得这样很美,便学西施捧着心口皱起眉头,村里人见了都吓得避开了。颦,皱眉。

桃源行¹　时年十九

渔舟逐水爱山春，两岸桃花夹去津²。
坐看红树不知远³，行尽青溪不见人⁴。
山口潜行始隈隩⁵，山开旷望旋平陆⁶。
遥看一处攒云树⁷，近入千家散花竹⁸。
樵客初传汉姓名⁹，居人未改秦衣服。
居人共住武陵源¹⁰，还从物外起田园¹¹。
月明松下房栊静¹²，日出云中鸡犬喧。
惊闻俗客争来集¹³，竞引还家问都邑¹⁴。
平明闾巷扫花开¹⁵，薄暮渔樵乘水入¹⁶。
初因避地去人间¹⁷，及至成仙遂不还。
峡里谁知有人事¹⁸，世中遥望空云山。
不疑灵境难闻见¹⁹，尘心未尽思乡县²⁰。
出洞无论隔山水²¹，辞家终拟长游衍²²。
自谓经过旧不迷，安知峰壑今来变。
当时只记入山深，青溪几度到云林。
春来遍是桃花水²³，不辨仙源何处寻。

此诗堪称陶渊明《桃花源记》的诗体改造版。陶文那个
"阡陌交通，鸡犬相闻"、"不知有汉，无论魏晋"洒然世外的

桃花源，流露出其逃避乱世的小国寡民理想。此诗则另一番面貌，省略了陶文的农事描写，多用律句，设色山水，绮丽淳雅，佳句迭出。"坐看红树不知远，行尽青溪不见人"，曲尽桃源的幽邃；"遥看一处攒云树，近入千家散花竹"，由远及近，"攒""散"勾勒了云树相嬉、花竹成趣的桃源美景；"月明松下房栊静，日出云中鸡犬喧"，声色兼备，静动相和，闲适恬淡；"春来遍是桃花水"，浑茫苍莽，惹人深思。

　　咏桃源之作，较为著名的还有韩愈的《桃源图》、王安石的《桃源行》，虽皆笔力劲健，但正如王士禛所说："及读摩诘诗，多少自在……此盛唐所以高不可及。"的确，王维将寻桃源的曲折、见桃源的惊艳、再寻桃源的失落写得不黏不滞，从容不迫。

1　桃源：即陶渊明《桃花源记》中所描述的桃花源。此诗作于开元七年（719 年）。行：见《洛阳女儿行》注。

2　津：渡口。这里指溪流。

3　红树：这里指开满花的桃树。

4　青溪：碧绿的溪水。

5　潜行：暗中摸索而行。隈隩（wēiyù）：曲折幽深的山崖。

6　旋：立刻。平陆：平原，陆地。

7　攒：聚集。

8　散花竹：形容花竹分散各处。

9　樵客：桃源中打柴人。

10　武陵：郡名，治所在今湖南常德。

11　物外：世外。

12　房栊（lóng）：窗户，借指房舍。栊，窗框上的格子。

13　俗客：尘世间人，这里指《桃花源记》中的武陵渔人。

14　引：延请。都邑：泛指城镇，这里指桃源居民原来的家乡。

15　平明：天刚亮。闾巷：里巷，街道。

16　薄暮：傍晚。

17　避地：指为避秦乱而移居他乡。去：离开。

18　峡里：这里指桃源中。

19　灵境：仙境，这里指桃源。

20　尘心：指凡俗之心，名利之念。

21　出洞：指从桃源走出。洞，这里指桃源的出口。

22　游衍：从容自如，不受拘束。

23　桃花水：即桃花汛、春汛，指春天桃花盛开时江河暴涨。

息夫人 [1]

莫以今时宠，能忘旧日恩。
看花满眼泪，不共楚王言。

孟棨《本事诗》载，宁王李宪宅第左侧有卖饼人，其妻貌美，被宁王霸占。一年后，宁王问她是否还想饼师，她默不作声。宁王让她与饼师相见，她泪流满面，座中客十馀人，无不凄然。宁王请客赋诗，王维先成，便是此诗。

诗以"息夫人"为名，是为宁王讳，且绾合卖饼人妻故事。四句二十字，并无艳辞丽句，也无刻意雕琢，更不加任何议论，只描写了主人公两句心语和满眼泪水的无言场景，却直接击中读者心中那最柔和的、最善良的部分，令人感喟嘘唏。"莫以"有怨愤之意，诗人却并不铺开，而以"不言"作结，其言外之意，不说尽却愈显无穷。

1　息夫人：春秋时期息侯夫人，陈庄公之女。姓妫(guī)，又称息妫。楚文王灭息，将其占为己有。她虽在楚国生二子，却终日默默，不与楚王说一句话。

夷门歌 [1]

七雄雄雌犹未分[2]，攻城杀将何纷纷。
秦兵益围邯郸急[3]，魏王不救平原君[4]。
公子为嬴停驷马[5]，执辔逾恭意逾下。
亥为屠肆鼓刀人[6]，嬴乃夷门抱关者[7]。
非但慷慨献奇谋[8]，意气兼将身命酬。
向风刎颈送公子[9]，七十老翁何所求[10]！

———　　"窃符救赵"，史书多以魏公子无忌为主，此诗转而歌咏守门人侯嬴，婉转多情，新意迭出。其记叙开合有度，有如史传娓娓道来，又善截断顿挫，所谓"花开两朵，各表一枝"：先写七雄混战和赵国局势紧迫，再另起一线，写及魏公子礼遇侯嬴、侯嬴献计酬身的故事，简洁明快，跳跃却不突兀。"非但慷慨献奇谋"一转，兼叙兼议，既交代了事件的结果，又以"非但""兼将"四虚字表达了诗人对侯嬴的肯定评判。"士为知己者死"，不求闻达，只酬知己，真有豪气干云之概。

　　史传或可到此为止，诗人却单拈侯嬴酬身一事追加叙述，斩绝有力，妙于言外。王维早期兼济天下，施展抱负之心于其中可见一斑，正如吴汝纶称："（此诗）叙古事而别有寄托，意在言外，故佳。"（高步瀛《唐宋诗举要》引）

1　夷门：战国时期魏国都城大梁城的东门。

2　七雄：战国七雄，即秦、楚、齐、燕、赵、韩、魏七个诸侯国。雄雌：比喻胜负、高下、强弱。

3　邯郸：战国时期赵国都城，在今河北邯郸西南。魏安釐王二十年(前257年)，秦昭王兵围赵国都城邯郸。此叙其事。

4　平原君：赵胜，赵国贵族，以贤能著称，与魏国信陵君魏无忌、齐国孟尝君田文、楚国春申君黄歇，并称战国四公子。赵都邯郸被围，魏安釐王畏于秦国，不敢前去救援。

5　公子：信陵君魏无忌，魏国公子，安釐王异母弟，平原君妻弟。嬴：侯嬴，大梁城守门人，是一位隐士。驷马：古时诸侯和卿常用四匹马驾车，后借指车。闻侯嬴贤，信陵君亲自驾车迎接侯嬴，请其上座，并更加恭敬地为其手执缰绳。

6　亥：朱亥，侯嬴之友。肆：肆廛，街市店铺。鼓刀人：宰杀牲畜之人，屠夫。

7　抱关者：负责开关城门的人。关，门闩。

8　献奇谋：信陵君急欲救赵，却因魏王不同意而无计可施。侯嬴献计，盗得兵符，荐朱亥与信陵君同往赵国。朱亥椎杀不听调遣的魏将晋鄙，退秦救赵。

9　向风刎颈：信陵君救赵，侯嬴为报公子知遇之恩，对着北方赵国的方向，割脖子自杀。

10　七十老翁：指侯嬴。

从岐王过杨氏别业应教[1]

杨子谈经所[2]，淮王载酒过[3]。
兴阑啼鸟换[4]，坐久落花多。
迳转回银烛，林开散玉珂[5]。
严城时未启[6]，前路拥笙歌。

　　"笙歌归院落，灯火下楼台。"（白居易《宴散》）晏殊尝赞
此为真富贵语，其实王维此诗已作此意。岐王出行，于杨氏别
业只着淡淡两语，便已兴阑酒散。后二联则突出岐王归途，所
谓银烛玉珂、笙歌拥路，排场之大，华贵之至。此种安排，既不
喧宾夺主，又写尽岐王之尊贵。无怪黄生赞其"用笔之斟酌
如此"（《唐诗摘钞》）。

　　其最为后世传诵的是"兴阑啼鸟换，坐久落花多"，通过
鸟声换、落花多写出宴会持续时间之长，更写出闹中之静的优
雅。王安石在《北山》中就有意无意地化用此句："细数落花
因坐久，缓寻芳草得归迟。"

　　1　岐王：唐玄宗之弟李范，好学工书，礼贤下士。过（guō）：
过访，拜访。别业：别墅，与"旧业""第宅"相对而言。杨氏
别业，大约在长安附近。应教：魏晋以来称应诸王之命而作的

诗文为应教。

2　杨子：西汉学者杨雄（一作扬雄），字子云，为学常以五经为范式。杨雄嗜酒，常有好事者携美酒佳肴跟随他。这里喻指别业主人。

3　淮王：西汉淮南王刘安，为人博辩好文。这里喻指岐王。

4　兴阑：兴尽。

5　玉珂（kē）：马络头上的装饰物。

6　严城：戒备森严的城池。

敕借岐王九成宫避暑应教¹

帝子远辞丹凤阙²，天书遥借翠微宫³。
隔窗云雾生衣上，卷幔山泉入镜中⁴。
林下水声喧语笑，岩间树色隐房栊⁵。
仙家未必能胜此，何事吹笙向碧空⁶。

———

　　九成宫，九成意为九重、九层，喻其高伟。诗人却并未着笔其宏伟壮丽，而是紧贴诗题，写得一派清凉。

　　首联以对仗起，破题甚细，将"敕""借""岐王""九成宫"总括其中，其用笔精工可见一斑。"翠微"点出九成宫为避暑胜地，下二联顺承而下，写得风生水起：仰望仿若云雾生衣、山泉入镜；俯视可闻水声叮咚、人声喧笑，可见树影瞳朦、茅屋隐现。"生""入"二字妙甚，见出九成宫依山随水，与自然合为一体之态，更写出九成宫爽气足可祛暑的感觉。尾联用典翻案，以仙境都不及此宫收束作结，全是颂圣口吻，安稳妥帖。

　　通观此诗，确如黄培芳《唐贤三昧集笺注》所说"鲜润清朗，手腕柔和，此是盛唐之足贵也"。

———

1　敕：敕命，帝王的诏命。九成宫：唐宫名，隋时称仁寿宫，故址在今陕西麟游西天台山上，为帝王避暑之所。岐王、应教：
见《从岐王过杨氏别业应教》注。

2　帝子：指岐王。丹凤阙（què）：唐时大明宫南面有五门，中
间的叫丹凤。阙，宫门前的望楼。

3　天书：指帝王诏书。翠微：形容青翠缥缈的山间雾气。九
成宫在山间，故称其为翠微宫。

4　幔（màn）：用以遮蔽门窗的帘子。

5　房栊：见《桃源行》。

6　吹笙向碧空：相传周灵王太子王子乔喜好吹笙，作凤凰鸣
叫，随浮丘公到嵩高山，最后乘白鹤升天成仙。

送綦毋潜落第还乡 [1]

圣代无隐者，英灵尽来归 [2]。
遂令东山客 [3]，不得顾采薇 [4]。
既至君门远 [5]，孰云吾道非 [6]？
江淮度寒食 [7]，京洛缝春衣 [8]。
置酒临长道，同心与我违。
行当浮桂棹 [9]，未几拂荆扉 [10]。
远树带行客，孤城当落晖。
吾谋适不用 [11]，勿谓知音稀。

诗人送落第友人还乡，紧扣落第和还乡两端，一边宽慰一边别意缠绵，满含诗人的关切、同情以及不舍，至为感人。

首二联写明主圣世，纳才招隐，识宏论卓。"既至"一顿，转写落第，"孰云"二字设一反问，透露出对政治理想的坚守，饱含着内心的感慨与愤懑。而后诗笔宕开，点明时令，悬想归途，深叙别情。"带""当"二字佳，绘就一幅暮村送别图，烘托出友人渐行渐远、自己孤独眺望的凄凉气氛。末二句合落第和还乡二事，以宽慰作结。正如沈德潜所说："(此诗)反复曲折，使落第人绝无怨尤。"（《唐诗别裁集》）

此诗议论得体，不直言朝廷的取士不公，又写出綦毋潜的才情谋略足当重任,正是怨而不怒的佳作。与孟浩然的"不才明主弃,多病故人疏"(《岁暮归南山》))的直接牢骚不同。

1　綦毋潜:字孝通,虔州(今江西赣州)人。开元十四年(726年)登进士第,曾为校书郎。

2　英灵:杰出人才。

3　东山客:指隐士,东晋谢安曾在会稽东山隐居。

4　采薇:周武王灭商,伯夷、叔齐耻食周粟,隐居首阳山,采薇而食。后用采薇指隐居。

5　君门:宫门,亦指京城。

6　吾道非:孔子被困于陈蔡之间,对弟子说:"吾道非耶? 吾何为于此?"这里用此典。

7　江淮:指长江、淮河流域。寒食:古时以冬至后一百零五日为寒食节,约在清明前一或二日,时断火三日。

8　京洛:指东京洛阳。江淮、京洛皆为綦毋潜归家必经之地。

9　棹(zhào):划船工具,短的叫楫,长的叫棹。

10　荆扉:柴门。

11　适:恰巧,偶然。此句用春秋时期晋国士会典,士会流亡秦国,晋设计使秦国送其回晋,秦大夫察知其情,对他说:"子无谓秦无人,吾谋适不用也。"

燕支行[1]　时年二十一

汉家天将才且雄，来时谒帝明光宫[2]。
万乘亲推双阙下[3]，千官出饯五陵东[4]。
誓辞甲第金门里[5]，身作长城玉塞中[6]。
卫霍才堪一骑将[7]，朝廷不数贰师功[8]。
赵魏燕韩多劲卒[9]，关西侠少何咆勃[10]！
报仇只是闻尝胆[11]，饮酒不曾妨刮骨[12]。
画戟雕戈白日寒[13]，连旗大旆黄尘没[14]。
叠鼓遥翻瀚海波[15]，鸣笳乱动天山月[16]。
麒麟锦带佩吴钩[17]，飒沓青骊跃紫骝[18]。
拔剑已断天骄臂[19]，归鞍共饮月支头[20]。
汉兵大呼一当百，虏骑相看哭且愁[21]。
教战须令赴汤火，终知上将先伐谋[22]！

此诗为王维二十一岁所作。诗中塑造了一个汉家天将的光辉形象，武艺高强，勇略过人，满篇通过铺陈的手法，从各种角度极力描绘天将的勇武，飞扬着壮志和激情。此人可令帝王屈尊、百官迎送，古今大将，都只能出其麾下；其率兵而出，整肃庄严，可搅翻海波、耸动山月；其驰骋沙场，必然"谈笑间，樯橹灰飞烟灭"（苏轼《念奴娇·赤壁怀古》）。诗人多用烘托手法，从不同侧面落笔，化用典故，多方赞颂却不觉繁复。诗凡三韵，八句一转，一转即一幕，三幕场景，天将形象便已刻画淋漓、高大无匹了。

然而，全篇铺排都是为了转出最后二句"教战须令赴汤火，终知上将先伐谋"，颇似赋体的曲终奏雅。这二句议论点明此诗主旨，识见卓绝，雄浑老劲，堪称以赋为诗的典范之作。

1　燕支：即焉支山，在今甘肃永昌县西、山丹县东南，出赭色石，可做胭脂，又名胭脂山。汉武帝时，骠骑将军霍去病曾带兵出陇西，过焉支山千馀里，大破匈奴。行：见《洛阳女儿行》注。此诗作于开元九年（721 年）。

2　明光宫：汉宫名，位于长乐宫北，汉武帝太初四年（101 年）秋建。

3　万乘（shèng）：周制天子地方千里，出兵车万乘，后代指天子。乘，四匹马拉的车，一辆即一乘。亲推：古时帝王亲自为出征将帅推车的一种礼节。双阙：古时宫门外常置二台，作楼于其上，称为双阙。

4　五陵：汉高祖葬长陵、汉惠帝葬安陵、汉景帝葬阳陵、汉武帝葬茂陵、汉昭帝葬平陵，合称五陵。其在陕西咸阳北，西起兴平，东到高陵，北接泾阳，南至渭水北岸。

5　甲第：古时贵族宅第。汉武帝欲为战功显赫的霍去病修建宅第,霍去病辞谢:"匈奴未灭,无以家为也!"这里用霍去病典。金门:即金马门,因门旁有铜马而得名。

6　玉塞:指玉门关,故址在今甘肃敦煌西北。

7　卫霍:西汉大将卫青、霍去病,二人为舅甥。卫青官大将军,霍去病官骠骑将军,皆多次大破匈奴,立下战功。骑将:即骑将军,汉杂号将军之一,地位较低。

8　贰师:指西汉贰师将军李广利。贰师,本为西域大宛国地名,在今吉尔吉斯斯坦西南。汉武帝时,派李广利出征大宛,夺取良马。

9　赵魏燕韩:战国时期的四国,疆域主要在今河南、河北、山西一带。

10　关西:函谷关或潼关以西地区。咆勃(páobó):形容愤怒的样子。

11　尝胆:卧薪尝胆,用越王勾践故事。越王勾践为吴王夫差所败,置胆于其座,动辄品尝,以示不忘复仇之事。

12　刮骨:刮骨疗伤,用三国时关羽故事。关羽左臂中箭,箭毒入骨,须破臂刮骨。恰逢关羽与诸将饮食相对,虽鲜血淋漓,关羽仍谈笑自若。

13　画戟雕戈:雕饰花纹的戟和戈。戟、戈,皆古时兵器。

14　旆(pèi):古时旌旗末端状如燕尾的悬垂饰物,泛指旗帜。

15　叠鼓:急击鼓,小击鼓。瀚海:指沙漠。

16　笳（jiā）：指胡笳，我国古时西北少数民族的一种乐器，类似笛子。天山：在今新疆境内，古时又称北祁连山、白山。

17　麒麟：传说中的一种神物，与凤、龟、龙合称为"四灵"。吴钩：兵器名，似剑而曲，因产于吴地而得名。

18　飒（sà）沓：形容迅疾的样子。青骊：毛色青黑相间的骏马。紫骝：赤色骏马，又称枣骝。

19　天骄：汉时匈奴人自称为"天之骄子"，后泛指边疆强盛少数民族或其君主。

20　月支：即月氏（ròuzhī），古时西域少数民族名。匈奴曾大破月氏王，用其头颅作饮酒之器。

21　虏骑：这里指匈奴。

22　上将：指英明的将帅。伐谋：用谋略去击败敌人。

少年行四首[1]

其　一

新丰美酒斗十千[2]，咸阳游侠多少年[3]。
相逢意气为君饮，系马高楼垂柳边。

《少年行》四首前后有序，截取特定片段描述了一个游侠少年精彩卓绝的人生：第一首写任侠使气，第二首写立志报国，第三首写驰骋沙场，第四首写论功封赏。此时的王维虽然尚未亲临边塞，但《少年行》与前一篇的《燕支行》一样，都抒写着他建功立业的理想和鏖战沙场的激情，这恰恰是盛唐气象的重要表现。

此为第一首，满篇激荡着少年的游侠意气。游侠必与豪饮相关，即"三杯吐然诺，五岳倒为轻"（李白《侠客行》）。诗人一开始便将美酒与游侠对接，简单直率，仿佛可以想见游侠豪爽的个性。

下二句一气而下，写出游侠意气相投、相逢便饮的率真气质。"意气"二字为诗眼，代表着蓬勃向上的激情，这或许便是诗人所理解的游侠精神，也是盛唐诗人豪迈情怀的写照。

诗以景作结尤佳，不写酒宴热闹，反写繁华都市中那高昂着头颅的大马，仿佛暗示出游侠那种傲气和脱俗。

其　二

出身仕汉羽林郎[4]，初随骠骑战渔阳[5]。

孰知不向边庭苦[6]，纵死犹闻侠骨香。

如果只任侠使气，那最多不过"笑尽一杯酒，杀人都市中"（李白《结客少年场行》）。此诗承上首而下，突出了游侠的傲骨、不媚俗与建功立业的志向。出身高贵的主人公，意气风发，但绝不横行乡里，而是梦想战死沙场。末句精警，盖脱胎于张华《博陵王宫侠曲》"生从命子游，死闻侠骨香"。此句与"孰知不向边庭苦"相衬，更显得豪气干云，掷地有声。

曹植在《白马篇》中称："捐躯赴国难，视死忽如归。"这种昂扬的斗志与激情，或许由来已久，只是在盛唐时被发挥到极致。

其　三

一身能擘两雕弧[7]，虏骑千重只似无。

偏坐金鞍调白羽[8]，纷纷射杀五单于[9]。

神勇无敌，或许便如此诗描写的样子吧。游侠可左右开弓，可视敌军如无物，即便在马背上颠簸奔驰都能喝令羽箭，射杀强敌。这是一个无所不能的游侠，更是一个英勇无畏的战将。

　　《老将行》写英勇为"一身转战三千里,一剑曾当百万师",此诗则避开笼统叙述,专写其对弓箭娴熟与特异的运用上。第三句尤妙,描绘了一个剑拔弩张的射击场景,转技艺为边功,"调"字更写出主人公那种淡定与自信的神情。

　　汉武帝元狩二年(前121年),霍去病率兵俘虏匈奴单于五人,稳定边疆局势,后受封大司马。末句或用霍去病事,预示主人公的封赏。

其　　四

汉家君臣欢宴终,高议云台论战功[10]。
天子临轩赐侯印[11],将军佩出明光宫[12]。

　　此首呈上一首边功而下,写主人公凯旋接受封赏。诗人一开始便描述了一场君臣盛宴,云台论功,何等有条不紊。天子临轩,赏赐边功,何等郑重其事。少年将军悬佩而出,又何等器宇轩昂。前三句不言主人公,却紧紧围绕其功勋,直到末句主人公隆重出场,真有压轴之感。

　　有人以为此诗"悯其赏功不及"(刘永济《唐人绝句精华》)。细读会发现,此诗或许更有一种"仰天大笑出门去,我辈岂是蓬蒿人"(李白《南陵别儿童入京》)般的潇洒与快意。

1　行：见《洛阳女儿行》注。

2　新丰：故址在今陕西临潼东北，其地盛产美酒。斗：本为酒器，后借指容量。斗十千，一斗酒十千文钱，用以形容新丰酒名贵。

3　咸阳：秦时都城，故址在今陕西咸阳东北。这里代指唐都长安。

4　出身：个人最初的履历和身份。羽林郎：汉朝设置的禁卫军军官名，常由世家大族子弟充任。

5　骠骑：即骠骑将军，西汉霍去病曾任此官。渔阳：指汉渔阳郡，治所在今北京密云西南。一说指唐渔阳县(今天津蓟县)。

6　孰知：熟知，深知。

7　擘(bò)：分开，张开。雕弧：雕画有文采的弓。

8　白羽：指尾部饰有白色羽翎的箭。

9　单于：汉时匈奴君主的称号。汉宣帝时，匈奴内乱，诸王自立为五个首领。这里泛指骚扰边境的诸多敌将。

10　云台：东汉光武帝时，用作召集群臣议事之宫中高台。明帝将邓禹等二十八个开国功臣像画在台上，史称"云台二十八将"。

11　临轩：古时帝王不坐正殿而在前殿临朝。前殿厅堂近檐处两边有栏杆，似车轩，故称。

12　明光宫：见《燕支行》注。

被出济州[1]

微官易得罪，谪去济川阴[2]。
执政方持法，明君无此心。
闾阎河润上[3]，井邑海云深[4]。
纵有归来日，多愁年鬓侵。

　　刚一出仕，便被贬出京，这无疑是对王维的巨大打击。他心中或许有着满腹怨愤，笔下却能回护明主，称这并非帝王本意，正是难得的人臣口吻，与韩愈《琴操十首·拘幽操》"臣罪当诛兮，天王圣明"命意同。

　　不能怪罪帝王，诗人便只能先怪自己位卑职低，一"易"字透露出人微言轻的无限可怜。但"孰云吾道非"（《送綦毋潜落第还乡作》），这只不过是执政者弄权而已。上下两联间，几经周旋婉转，讽刺实深。后二联写济州，"河润""海云"塑造了阴冷潮湿的环境，恰如诗人此时沮丧灰暗的心情。以多愁衰鬓作结，无比凄怆，令人不胜其悲。

1　出：受到贬谪，出京为官。济州：唐州名，治所在卢县（今山东茌平西南）。开元九年（721年）春，王维擢进士第，出任太乐丞。同年，因故被贬济州司仓参军。

2　济川阴：指济水之南的济州。济川，即济水，流经河南、山东后入海。阴，古时称山南水北为阳，山北水南为阴。

3　闾阎：本指里巷，后代指乡村、村落。河润：指沿河湿润之地，河流沿岸。

4　井邑：市井，邑里。

登河北城楼作[1]

井邑傅岩上[2]，客亭云雾间[3]。
高城眺落日，极浦映苍山[4]。
岸火孤舟宿，渔家夕鸟还。
寂寥天地暮，心与广川闲[5]。

———

王维诗中多闲静冲雅，即便面对粗犷的北方山水，仍不失本色。

此诗出语便不俗，人间的繁闹仿佛瞬间安静下来：河北城楼一带的城镇安详地簇拥在幽静之地，客亭稀稀疏疏地分布着，有如云雾那样渺远。接着诗人写到登楼所望，"高城""落日""极浦""苍山"四个意象，便勾勒出夜幕降临时北地风光的雄壮，笔法高妙。"岸火""孤舟""渔家""夕鸟"四个意象，拈出了北方渔村的静谧。这恰恰与王维的内心相互契合，于是诗情喷薄而出：夜幕降临，天地一片沉寂，心便如流水般自由流淌。

无怪，顾可久赞此诗为"情景俱胜"（《唐王右丞诗集注说》）之作。

———

1　河北：唐时县名，属陕州，治所在今山西平陆。

2　井邑：见《被出济州》注。傅岩：又称傅险，相传商时傅说曾版筑于此。

3　客亭：供旅客歇息之所。

4　极浦：遥远的水边。

5　广川：这里指黄河。

宿郑州[1]

朝与周人辞[2]，暮投郑人宿。
他乡绝俦侣[3]，孤客亲僮仆。
宛洛望不见[4]，秋霖晦平陆[5]。
田父草际归，村童雨中牧。
主人东皋上[6]，时稼绕茅屋。
虫思机杼鸣[7]，雀喧禾黍熟。
明当渡京水[8]，昨晚犹金谷[9]。
此去欲何言，穷边徇微禄[10]。

　　羁旅行役，本就孤独难捱，诗人又将其与田园之美对照，那行旅之苦痛显得更为深重。

　　"朝与""暮投"与"明当""昨晚"前后映带，敷衍诗题"宿"意。中间写郑州所见，田园乡村，野老牧童，静穆安然，宛若一幅秋霖暮村图。此种将行旅与田园相结合的写法，很有王维特色。

　　"他乡绝俦侣，孤客亲僮仆"，写尽旅途寂寞，简切情深。崔涂有"渐与骨肉远，转于僮仆亲"（《除夜有怀》），与此命意相同。"宛洛望不见，秋霖晦平陆"与"虫思机杼鸣，雀喧禾黍熟"二联，即景即情，令行旅、田园转接自然，杳然无痕。"田父草际归,村童雨中牧",视角独特,构图讲究,堪称佳句。

1　郑州:唐州名,治所在今河南郑州。春秋时期,郑州一带属郑国。

2　周:指洛阳一带。周平王迁都洛邑,故称洛阳人为周人。

3　俦(chóu)侣:朋友,伴侣。

4　宛、洛:皆为古邑名,即今南阳和洛阳。后用来借指名都。

5　秋霖:连绵的秋雨。平陆:见《桃源行》注。

6　东皋:指田野。

7　机杼(zhù):织布机。杼,织布的梭子。

8　京水:古水名,又名黄水,在郑州荥阳东。

9　金谷:本涧名,在今河南洛阳西北。西晋石崇曾在此筑园,名为金谷园。

10　穷边:贫穷荒僻的边远地区。徇(xùn):顺从,屈从。

早入荥阳界 [1]

泛舟入荥泽[2]，兹邑乃雄藩[3]。
河曲闾阎隘[4]，川中烟火繁。
因人见风俗，入境闻方言。
秋野田畴盛[5]，朝光市井喧[6]。
渔商波上客，鸡犬岸旁村。
前路白云外，孤帆安可论。

此诗是一首风土人情诗，荥阳山水和风俗全以诗句出之，毫无堆砌和滞涩感，诗人体察风物之深切和语言手段之高超可见一斑。

首联便点题"泛舟入荥泽"，并总括荥阳的地位。而后紧扣"早入"二字，从远到近再到远地描述沿途所见：远望，荥泽地貌特殊，河水弯曲绕狭村，袅袅炊烟宛若从水中升起；慢慢走近，已能看到过往的行人，听到他们说着方言；荥阳田野一片热闹，市井一派繁荣；泛舟离去，偶见水上渔人往来，岸边鸡犬相闻。

全篇章法秀整，笔法老练，俨然一篇材料详实的雄藩记。最后以"孤帆"作结，与首句呼应，仍旧羁旅口吻。

1　荥阳：唐时县名，属郑州，在今河南荥阳。

2　荥泽：古泽名，黄河沿古济水溢出后聚积而成，唐时已淤为平地，故址在今河南荥阳东北。

3　雄藩：指地位重要、实力雄厚的藩镇。

4　河曲：指黄河弯曲的地方。间阎：见《被出济州》注。

5　田畴：泛指田野。

6　朝光：晨光。市井：街市，市集。

鱼山神女祠歌二首 [1]

迎神曲

坎坎击鼓 [2]，鱼山之下。
吹洞箫 [3]，望极浦 [4]。
女巫进 [5]，纷屡舞 [6]。
陈瑶席 [7]，湛清酤 [8]。
风凄凄兮夜雨，神之来兮不来？
使我心兮苦复苦！

送神曲

纷进拜兮堂前，目眷眷兮琼筵 [9]。
来不语兮意不传，作暮雨兮愁空山 [10]。
悲急管 [11]，思繁弦 [12]，灵之驾兮俨欲旋 [13]。
倏云收兮雨歇 [14]，山青青兮水潺湲 [15]。

民间常祭祀神灵，以求庇佑。这组诗便是王维看到济州百姓祭祀鱼山神女时所作，有迎神和送神二曲。

《迎神曲》首以四字句开篇，点出祭神场所。紧接着诗人以六个三字句，写出了鼓声激越中热闹的迎神仪式。末以骚体抒发对神女降临的殷切期盼。二"苦"复沓，写出了凄风苦雨中人们等待神女的焦灼心态。

《送神曲》则以骚体为主,描写了神女降临及离去的场景。诗人仅以"目眷眷""来不语兮意不传"便刻画了鱼山神女顾盼生姿又庄严肃穆的神态,手段实在高妙。"暮雨"典暗示了神女的飘忽无定,又以"俨欲旋""倏"点明神女来去匆匆。此正是神女本色,张谦宜就赞其"妙在恍惚,所以为神"(《𫄧斋诗谈》)。

二诗组成一个大体完整的祭神仪式,在记录神秘的祭神场景上具有很大意义。而在文学上,二诗将祭神场景与哀怨缠绵的情感结合,深得屈原《九歌》之趣,尝被称为"骚之匹也"(翁方纲《石洲诗话》)。《送神曲》尤为精致,结句境界幽美,令人涵咏不尽,颇有"曲终人不见,江上数峰青"(钱起《湘灵鼓瑟》)之感。

1　鱼山:又名吾山,在郓州东阿(今山东阳谷阿城镇)东南,天宝十三载(754年)前属济州。神女:指神女成公知琼。相传三国时期魏国济北郡吏弦超与神女成公知琼相好,不久因故分开。五年后,弦超到洛阳,路过鱼山,巧遇神女,二人重归于好。

2　坎坎:击鼓的声音。

3　洞箫:箫的一种。箫管底部封蜡的叫排箫,不封蜡的叫洞箫。

4 极浦：见《登河北城楼作》注。

5 女巫：古时称能以舞降神的女子为巫。

6 纷：形容众多的样子。屡：屡次。

7 陈：布，铺。瑶席：精美的席子。

8 湛（zhàn）：使之盈满。酤（gū）：泛指酒。

9 眷眷：形容依恋反顾的样子。琼筵：盛宴，美宴。

10 暮雨：指巫山神女朝云暮雨故事，这里用以比喻鱼山神女。

11 急管：形容乐声急促。

12 思：悲伤，哀愁。繁弦：繁杂的弦乐声。

13 俨：形容整齐庄重的样子。

14 倏（shū）：忽然。

15 潺湲（chányuán）：形容水缓慢流动的样子。

喜祖三至留宿[1]

门前洛阳客[2]，下马拂征衣[3]。
不枉故人驾[4]，平生多掩扉。
行人返深巷，积雪带馀晖。
早岁同袍者[5]，高车何处归[6]？

　　牵挂多年的老友相见，必是一番激动的场面。诗人首称"洛阳客"，而不称老友，足见此次来访是为偶然的惊喜，已切诗题。而后并不赘述盛情款待的场景，只择取了一个开门迎客的细节，"喜"更溢出笔端。

　　诗人一直过着"平生多掩扉"的孤寂生活，如今打开房门，仿佛也打开了长久关闭的"心门"。行人归家、暮雪沉积，似乎更给了他留宿友人的理由，于是逗出末二句的询问。

　　此诗紧扣诗题，敷衍为文，语带真挚，自然流畅。末句暗含对友人及第任官的祝福和喜悦，但将友人风光与自己的冷清对举，或许更多了一份落寞和自伤。

1　祖三：祖咏，洛阳（今河南洛阳）人，唐朝诗人。开元十二年（724年）进士，王维的朋友。其排行第三，故称其为祖三。开元十三年冬，祖咏及第授官，东行赴任，路过济州。

2　洛阳客：祖咏为洛阳人，故云。

3　征衣：旅人之衣。

4　枉驾：屈尊走访，是敬称。

5　同袍：语出《诗经·秦风·无衣》："岂曰无衣，与子同袍。"这里用指二人深厚的友谊。

6　高车：高大尊贵的车子，这里是对祖咏车子的尊称。

寒食汜上作 [1]

广武城边逢暮春[2]，汶阳归客泪沾巾[3]。
落花寂寂啼山鸟，杨柳青青渡水人。

秋去冬来几度春，几度春回人始归。即便是内心无比沉寂之人，遇此也会心旌摇曳吧，更何况暮春寒食，落花寂寞，流水无情。

此诗首二句，嵌入二地名，以空间的对举，点明正在旅途的境况。"汶阳"说明自己"被出济州"的身份，"归客"却饱含了无限的思念和委曲的情绪。后二句是一组宽对，只叙景物，不言伤情，虽春意盎然却分明透露出诗人伤春、伤归的悲不自胜。"落花寂寂"与山鸟"啼"鸣动静相衬，静寂之意更浓；"杨柳青青"与归人"渡水"，又一组动静水墨，铺染出满纸的凄清与孤独。无怪屠隆赞其"描写至情，历历如诉。一字一句，动魄惊魂"（《鸿苞论诗》）。

1　寒食：见《送綦毋潜落第还乡》注。汜：汜水，源出河南巩县东南，向北流经荥阳汜水镇西注入黄河。开元十四年（726年），王维自济州司仓参军任归京待命。

2　广武城：古城名，有东西二城，故址在今河南荥阳东北广武山上。

3　汶阳：汶水之北，这里指汶水之北的济州。汶水即今大汶河，源出山东沂源境内，向西汇注东平湖，后出陈山口入黄河。

偶然作六首（选二首）

其　一

楚国有狂夫[1]，茫然无心想。
散发不冠带[2]，行歌南陌上。
孔丘与之言，仁义莫能奖[3]。
未尝肯问天[4]，何事须击壤[5]？
复笑采薇人[6]，胡为乃长往[7]？

　　儒者称："不得中行而与之，必也狂狷乎。狂者进取，狷者有所不为也。"（《论语·子路》）狂狷之士，行事狂傲不羁，不顾时俗，其胸中怕是皆有一段块垒未消，才佯狂至此。

　　此诗叙狂者行径，散发行歌，首四句便已将狂士行径写出，直欲令人绝倒。接着诗人写到狂者不讲究礼法仁义，不遇时不会怨愤满腹，安乐时不会颂圣拥君，改朝换代更不会难为自己。薄孔孟，笑伯夷叔齐，不肯为屈原和击壤老者，一气而下，否定所有，果为"狂夫"。这种狂颠否定的态度在王维诗歌中并不多见，具有较强的冲击力。

其　二

田舍有老翁，垂白衡门里[8]。

有时农事闲，斗酒呼邻里。

喧聒茅檐下[9]，或坐或复起。

短褐不为薄[10]，园葵固足美[11]。

动则长子孙，不曾向城市。

五帝与三王[12]，古来称天子。

干戈将揖让[13]，毕竟何者是？

得意苟为乐，野田安足鄙？

且当放怀去，行行没馀齿[14]。

在外人看来，村夫野老过着粗野鄙俗的生活。事实或许并非如此。村老们农事忙时躬耕南亩，闲时便与邻里斗酒、嬉笑讨论。他们谈说着吃穿住行，也争论着古史今变。他们适意安然，无拘无束，直到老去。诗人叙述这田舍老翁的一生，颇有陶渊明"纵浪大化中，不喜亦不惧。应尽便须尽，无复独多虑"（《神释》）的豁达与闲适，惹人向往。

"五帝与三王"四句，真似村夫野老口吻，对朝代的更替、统治者的变更给予了怀疑和思考。确实，历史不过是一笔糊涂账，对于老百姓，那不过是"兴，百姓苦；亡，百姓苦"（张养浩《山坡羊·潼关怀古》）而已。

1　狂夫：指春秋时期楚国隐士接舆。他躬耕而食，佯狂不仕，曾歌"凤兮"嘲孔丘，世称"楚狂"。

2　散发：披发。古时男子成年便束发着冠。冠带：戴帽束带。

3　奖：劝勉，勉励。

4　问天：屈原有《天问》，以抒发对上天的愤懑怨尤。这里反用其意。

5　击壤：相传尧时，天下太平，百姓无事，有老人击壤而歌："日出而作，日入而息。凿井而饮，耕田而食。帝力于我何有哉?"这里用其意。

6　采薇：见《送綦毋潜落地还乡》注。

7　长往：指避世隐居。

8　垂白：指白发下垂，年老。衡门：横木为门，指简陋的屋舍。

9　喧聒（guō）：喧嚣杂乱。

10　短褐：粗布短衣。

11　葵：即露葵，新叶可食，又名冬寒菜、马蹄菜。

12　五帝：泛指上古五个帝王。三王：夏禹、商汤、周文王。

13　干戈：皆为古时兵器名，后指战争。这里指用战争夺取帝位。将：与，共。揖让：作揖让贤，这里指以禅让传出帝位。

14　行行：渐渐，逐渐。馀齿：馀年。

淇上送赵仙舟[1]

相逢方一笑，相送还成泣。
祖帐已伤离[2]，荒城复愁入。
天寒远山净，日暮长河急。
解缆君已遥[3]，望君犹伫立。

—— 　没有细密的景物铺写，也没有缠绵的感情描述，却咏出
"一弹再三叹，慷慨有馀哀"（《古诗十九首·西北有高楼》）般
的别情。

　　诗人开篇便以咏叹出之，情感骤现，笔法老劲。与末二句
伫立远望的不尽之韵前后呼应，"写得交谊蔼然，千载之下，犹
难为怀"（贺裳《载酒园诗话又编》）。第四句"荒城"以抽象
概念入景语，将送别之举置放在空阔荒凉的大背景中，诗人心
头的清冷肃杀可见一斑。"天寒远山净，日暮长河急"，承"荒
城"而下，简笔勾勒，景中带情，其造语之工堪与王维名联"大
漠孤烟直，长河落日圆"（《使至塞上》）媲美。

　　此诗用虚字多妙，"方""还""已""复""已""犹"等，
将别情叙得委曲摇曳，凄绝断肠。

—— 　1　淇：淇水，即今河南北部淇河，经淇县流入卫河。赵仙舟：
开元、天宝年间诗人，生平不详。

2 祖帐：古时出行前须先祭路神，叫"祖祭"，简称为祖。祖帐
就是祖祭时所设的帷帐，这里表示饯别的酒席。

3 解缆：解开系船的缆绳。这里指开船。

不遇咏

北阙献书寝不报[1]，南山种田时不登[2]。
百人会中身不预[3]，五侯门前心不能[4]。
身投河朔饮君酒[5]，家在茂陵平安否[6]？
且共登山复临水，莫问春风动杨柳。
今人作人多自私，我心不说君应知[7]。
济人然后拂衣去[8]，肯作徒尔一男儿[9]。

士不遇，常多怨尤之声。此诗则突破惯性抒情，把不遇写得慷慨不平，气势充沛。

首四句两组对仗，连用四个"不"字，将四种不遇一一道出，复沓顿挫间已将气势蕴足。"不能"二字，将"遇"写得如此不光彩，那么"不遇"也便只有悲愤而无哀怨了。中四句转韵，破骈为散，写远离家乡谋求知遇之士。"且共"二句道出诗人为了理想，压抑着思乡的情绪，道出许多游子的共同心声。后四句再转韵，简单直接，却自有一种格调，写自己仍旧满怀抱负，希望能得到功成身退的结局。尤其后二句，一种正直进取的精神内蕴其中，恰是盛唐之音。整首诗先骈后散，劲健跌宕，兴会淋漓，大有李太白之风。

1　北阙：古时宫殿北面的门楼，是臣子等候朝见或上书奏事之地。后用来代指朝廷。寝：停止，搁置。

2　登：谷物成熟，丰收。

3　百人会：形容朝廷集会的盛大。预：干预，参与。

4　五侯：汉元帝舅王谭兄弟五人同日封侯，世称五侯。这里泛指权贵。能：同"耐"，忍受。

5　河朔：泛指黄河以北地区。

6　茂陵：汉武帝刘彻的陵墓，在今陕西兴平东北。

7　说：同"悦"，喜悦，高兴。

8　济人：济民，救助世人。拂衣：振衣而去，指归隐。

9　徒尔：徒然，枉然。

送孟六归襄阳[1]

杜门不欲出[2]，久与世情疏。
以此为长策[3]，劝君归旧庐。
醉歌田舍酒，笑读古人书。
好是一生事，无劳献《子虚》[4]。

———

　　老友落第，诗人温言劝慰，情到浓处，总无套话。此诗如当面口语，推心置腹，读来清浅亲切。诗人将亲身验证了的最好打算推荐给友人，劝其归隐，这种看似不思进取的劝慰，却是老友间的体己言辞。

　　"好是一生事"，绝是情真意切之语：真正的友情不求对方飞黄腾达，只求一生静好。此诗表面似在劝隐，述说着"穷则独善其身"（《孟子·尽心上》）的愿望，实际上暗含着"达则兼济天下"的理想以及对现实的愤懑不平。当时诗人刚从济州贬职归京，又逢友人落第还乡，更激发多少仕途坎坷、人情翻覆之感，自然不言而喻。正如方回所说"（此诗）乃为此骨鲠之论，其甘与世绝，怀抱高尚，可想见云"（《瀛奎律髓》）。

———

1　孟六：孟浩然，襄州襄阳（今湖北襄阳）人，王维的朋友。其排行第六，故称其为孟六。开元十七年（729 年）冬，孟浩然在长安应试落第，将返故里，王维作此诗相送。

2　杜门：闭门。

3　长策：良策，万全之策。

4　《子虚》：西汉司马相如所作《子虚赋》。汉武帝读此赋，十分赞赏，召问司马相如，相如便献《游猎赋》。唐时有进献文章拜官之例，这里当指求官之意。

华　岳[1]

西岳出浮云，积翠在太清[2]。
连天凝黛色[3]，百里遥青冥[4]。
白日为之寒，森沉华阴城[5]。
昔闻乾坤闭[6]，造化生巨灵[7]。
右足踏方止[8]，左手推削成。
天地忽开拆，大河注东溟[9]。
遂为西峙岳，雄雄镇秦京[10]。
大君包覆载[11]，至德被群生[12]。
上帝仁昭告[13]，金天思奉迎[14]。
人祇望幸久[15]，何独禅云亭[16]？

华山贯以山势险峻著称。诗人抓住这一特点，从大处着墨，写华山的高耸森严和险峻天成，以及请求封禅的强烈愿望。

篇首六句浓墨重彩，绘就一幅青绿山水画卷："出浮云""在太清"，极言华山之高峻；"连天""百里"，极言其广阔；"积翠""凝黛"，极言其苍翠。"白日寒""华阴森沉"，以感觉上的寒冷写出华山高峻辽阔的神韵及广袤无垠的清冷，华山庄严一面悄然而出。

　　紧接着诗人追加六句,讲叙有关华山的传说。天地混沌之时,巨灵生出,举手投足间,劈二山引黄河,华山就此生成。用语朴质,却神工鬼斧,气势恢宏。

　　"雄雄镇秦京"承上启下,从景物写到人事。末写希望能像封禅泰山一样封禅华山,这与当时史事相符。诗人由此生发出的要求圣恩均施万民的愿望,以及对华山遭遇的同情和不满,或有所寄。

1　华岳:即西岳华山,又名太华山,在今陕西华阴南。

2　太清:天空。

3　黛色:青黑色。

4　青冥:青天。

5　森沉:形容阴沉幽暗的样子。华阴:唐时县名,属华州,即今陕西华阴。

6　乾坤:天地。

7　造化:指自然界。巨灵:指河神。相传黄河被华山和少华山阻断,河神巨灵把其一劈为二,河水从中流过,至今二山还留有传说中的巨灵掌印和足迹。

8　方止:方形的脚趾印。止,同"趾"。

9　大河:黄河。东溟:东海。

10　秦京:指关中地区。

11　大君：天子。覆载：即天覆地载，后用以指天地。

12　至德：至高的德行。被群生：广及天下百姓。

13　上帝：天帝。伫：期待。昭告：明告。这里指帝王封禅华山，昭告天下。

14　金天：指华山神。唐玄宗先天二年（713年），封华岳神为金天王。古时认为天有五帝，西方为白帝，华山即为白帝所治，有说白帝即为金天氏。

15　祇（qí）：指地神。

16　禅（shàn）：指封禅。古时帝王在泰山上筑土为坛祭天的典礼，称为封；在泰山下小丘上辟地为场祭地的典礼，称为禅。云亭：指泰山下的云云山和亭亭山。上古无怀氏在云云山行禅礼，黄帝曾在亭亭山行禅礼。这里以"禅云亭"指封禅泰山。

青　溪

言入黄花川[1]，每逐青溪水[2]。
随山将万转，趣途无百里[3]。
声喧乱石中，色静深松里。
漾漾泛菱荇[4]，澄澄映葭苇[5]。
我心素已闲，清川澹如此。
请留盘石上[6]，垂钓将已矣[7]。

王维素心闲淡，周遭景致静谧而不萧瑟，热闹而不聒噪，刚好与之契合。他此行目的地是黄花川，不过百里的青溪，虽不经意却如此会心，真也难得。

溪水在山间千回万转，"声喧"与"色静"相对，仿佛能闻潺潺流水，能见深碧老松。"色静"尤其妙，通过移情通感的修辞手法，将视觉上的"色"与听觉上的"静"组合在一起，新奇而又贴切，使审美体验超越单一感觉，在"美"上达到统一。"漾漾"与"澄澄"，一写动一写静，不仅写水，也在写人心，从而牵出后四句诗心的闲雅素净。

此诗娓娓道来，不疾不徐，却声色兼备，动静皆宜，不愧佳作。

1　黄花川：水名，在今陕西凤县凤州镇东北。

2　每：常常。青溪水：碧绿的溪水，一说指黄花川水。

3　趣：同"趋"，快走。

4　漾漾：水波飘荡的样子。菱荇（xìng）：菱角和荇菜，泛指水草。

5　葭（jiā）苇：芦苇。

6　盘石：磐石，大石。

7　垂钓：用东汉严光典。严光，字子陵，光武帝刘秀同学，后隐居杭州富春山，垂钓江边。后世称富春山为严陵山，又称其垂钓蹲坐之处为"严子陵钓台"。

戏题盘石[1]

可怜盘石临泉水[2]，复有垂杨拂酒杯[3]。
若道春风不解意，何因吹送落花来[4]？

———

　　端坐盘石之上，听泉石相激，观垂杨落花，感春风得意，任谁都不免尽兴独酌。会心之景，总在有意无意之间偶得而来，王维便抓住这一瞬间的感受，写就此诗。

　　开篇便破题"盘石"，以"可怜"总领。"复有"二字踵事增华，写及盘石的野趣优雅。第三句妙转，一气而下，以猜测和疑问的口吻，刻画出春风拂起落花，轻轻落在盘石之上的片段，雅趣十足。"若道""何因"四虚字，欲进先退，令情致深婉，咀嚼有味。"盘石""泉水""垂杨""春风""落花"，似通人意，"临""拂""吹送""来"几个动词，恰是它们善解人意的证明。

　　此诗情景融合，不分物我，流畅自如，无怪皎然将其定为"自然"品（《诗式》）。

———

1　盘石：见《青溪》注。
2　可怜：可爱。
3　垂杨：古人称柳为小杨，垂杨即垂柳。
4　何因：因何，因为什么。

晓行巴峡 [1]

际晓投巴峡[2]，馀春忆帝京[3]。

晴江一女浣，朝日众鸡鸣。

水国舟中市，山桥树杪行[4]。

登高万井出[5]，眺迥二流明[6]。

人作殊方语[7]，莺为旧国声[8]。

赖多山水趣，稍解别离情。

羁旅行役诗，多写风尘苦旅，不堪别情。此诗反其道而行，将巴峡风土人情写得新奇明丽，趣味横生。其行文几乎全用对仗，词句更显示出故意的陌生化处理，如"际晓""馀春"皆非通常意义上的称法。

"晴江"下六句，诗人以好奇的眼光写所见风物，一句一景，句句生新：女子浣纱，众鸡啼鸣，舟作集市，桥行树梢，山上村落，山下水流。这些都笼罩在早晨初升的太阳下，浸润在万里晴明的大江中，错落叠出，美好如画。"人作殊方语，莺为旧国声"写风俗，承上启下，顺势而收，以"山水趣"最终化解"别离情"。

1　巴峡：长江自巴县（在今重庆）至涪州（今四川涪陵）一段

有明月、黄葛、铜锣、石洞、鸡鸣、黄草等峡，这些山峡皆在古巴县或巴郡境内，统称巴峡。

2　际：恰逢其时。

3　馀春：暮春。帝京：指长安。

4　树杪（miǎo）：树梢。

5　井：相传古制八家为一井。后引申为人口聚居地、村落。

6　二流：其一为长江，另一当指在巴峡一带入江的河流（如嘉陵江、玉麟江、龙溪河等）。

7　殊方：异域，异乡。

8　旧国：故乡。

归嵩山作 [1]

清川带长薄[2]，车马去闲闲[3]。
流水如有意，暮禽相与还。
荒城临古渡[4]，落日满秋山。
迢递嵩高下[5]，归来且闭关[6]。

　　有人说，此诗只将口头语说出，将眼前景指出便成绝妙（顾安《唐律消夏录》）。其任心写出、句句自然可见一斑。

　　起句清新流转，颇有六朝谢朓之风，写出远离人世的安详与雍容。颔联移情入物，流水和暮禽仿佛要与诗人一起归隐，"如有意""相与"透露出淡淡喜悦。"暮禽"化用陶渊明"鸟倦飞而知还"（《归去来兮辞》），看似闲逸，实际已牵出"倦"意。后二句移步换景，写荒城、古渡、落日、秋山，有些苍凉孤寂，恰与上句暗含的倦意相符，可见诗人惆怅落寞的心境。尾联拈出归隐的终点，以离群索居、闭门谢客作结，"且"字则透露出诗人的一丝无奈。

　　诗人一联一关情，情绪的流动与景观的变更巧妙融合，不求工而自工。

1　嵩山：即嵩高山，五岳之中岳，在今河南登封西北。

2　川：河流。带：围绕，映带。薄：指草木丛生之地。

3　闲闲：从容自得的样子。

4　临：对着，靠近。古渡：古老的渡口。

5　迢递：遥远高峻的样子。

6　且：姑且，暂且。闭关：指闭门谢客，断绝一切往来。关，本为门闩，这里代指门。

过乘如禅师萧居士嵩丘兰若[1]

无著天亲弟与兄[2]，嵩丘兰若一峰晴。
食随鸣磬巢乌下[3]，行踏空林落叶声。
逤水定侵香案湿[4]，雨花应共石床平[5]。
深洞长松何所有？俨然天竺古先生[6]。

————

此诗为拜访禅寺之作，多用佛教典故，却笔墨开合，浑而不觉。

首二句破题，先点出乘如禅师和萧居士，再宕开笔墨破题"嵩丘兰若"。"晴"字，奠定全诗格高调远的底色，进而逗出佛寺的静寂。再二句写诗人来访，磬钟振起，巢乌下食，足踏空林，落叶萧萧，一派清真绝俗之气。后四句分写禅师和居士，直溯首句。"何所有"结作诗眼，既回扣佛家"空诸所有"的理念，又应和嵩山佛寺清幽寂灭之景。

全诗布局整肃，开合有致，意高调远，又时见带有佛家气息的灵机慧语。

————

1　乘如禅师：俗姓萧，人称萧和尚，早年居嵩山。唐代宗时，曾参与佛经翻译，后任西明、安国二寺上座。萧居士：不详姓名，当为乘如禅师兄弟。居士，居家奉佛修道之人。嵩丘：即嵩山。兰若：梵语"阿兰若"，原意是森林，后指佛寺。

2　无著：无著菩萨，音译阿僧伽，印度大乘佛教瑜伽行派创始人之一。天亲：天亲菩萨，音译婆薮盘豆，无著之弟，亦为大乘佛教瑜伽行派创始人之一。这里用无著、天亲喻乘如禅师、萧居士。

3　磬（qìng）：佛寺使用的一种钵状打击乐器，铜制或石制。巢乌：筑巢而居的乌鸦。

4　迸水：用东晋高僧慧远典。慧远到庐山，住龙泉精舍，因精舍离水源很远，慧远以杖扣地说："若此中可得栖立，当使朽壤抽泉。"言毕，清流涌出。香案：供奉神佛时放置香炉的长桌子。

5　雨花：据佛经记载，佛为众菩萨讲经，时天降花雨，有曼陀罗花、曼殊沙花等数种。

6　天竺：古印度别称。古先生：道教称老子西至天竺为佛，号古先生。

献始兴公[1]　　时拜右拾遗[2]

宁栖野树林，宁饮涧水流；
不用坐梁肉[3]，崎岖见王侯[4]。
鄙哉匹夫节[5]，布褐将白头[6]！
任智诚则短，守仁固其优。
侧闻大君子[7]，安问党与仇。
所不卖公器[8]，动为苍生谋[9]。
贱子跪自陈[10]，可为帐下不[11]？
感激有公议[12]，曲私非所求[13]！

———

　　唐时文人常以诗文干谒，以求名流荐举，此诗便是一首干谒诗。干谒诗文常患庸俗，此诗却毫不媚俗，围绕"公议"二字，写得光明磊落，慷慨激昂。

　　首四句以排比句式一气而下，诗人狷介狂傲的性格脱颖而出。"坐""崎岖"二字，将曲意逢迎写得如此不堪和可怜，直欲让人望而却步。又紧接四句，写自己重节守仁的敦厚气质。下四句宕开，写始兴公正直开明的执政主张。宾主相合，精神共鸣，于是逗出末四句求进之语，真诚朴质，又义正词严。诗人诚恳奋进一面于其中可见一斑，诚如锺惺所说："不读此等诗，不知右丞胸中有激烈悲愤处。"（《唐诗归》）

1　始兴公：即张九龄，字子寿，韶州曲江（今广东韶关）人。开元二十一年（733年），官拜中书侍郎同中书门下平章事，开元二十七年（739年）受封始兴县伯。

2　右拾遗：掌供奉讽谏的官名，隶属中书省。

3　坐：致。粱肉：指美味佳肴。

4　崎岖：形容不安的样子。

5　匹夫：布衣百姓。

6　布褐：粗布衣服。

7　侧闻：从旁听说。大君子：对张九龄的尊称。

8　公器：公有之物，指官爵。

9　苍生：老百姓。

10　贱子：诗人自谦之称。

11　帐下：属下。不：同"否"。

12　感激：感动，奋发。公议：公论，公正的标准。

13　曲私：徇私，偏私。

寄荆州张丞相[1]

所思竟何在？怅望深荆门[2]。
举世无相识，终身思旧恩。
方将与农圃[3]，艺植老丘园[4]。
目尽南飞鸟，何由寄一言！

张九龄被贬荆州，对王维来说是一个巨大的冲击，不仅因为他失去了强有力的盟友，更因为张九龄所代表的一种政治理想的破灭。

此诗以乐府式的问答句式开篇，既写对友人的思念，又写对其遭遇的不平，起调高古，情感深至。紧接"举世无相识"读来可怜之至，失去护持是其一，失去并肩作战的朋友是其二，周遭再无知音是其三。这种孤独感甚至让诗人有了归隐田园之想，便是五六句。末二句呼应开篇，再写思念。

全诗以古体入律，不刻意对仗，"八语一直说下，使人读不断"（唐汝询《汇编唐诗十集》），真情朴质，内蕴风骨。

1 荆州：唐州名，治所在今湖北江陵。张丞相：即张九龄。开元二十五年（737 年），张九龄因所荐举的监察御史周子谅忤旨，被贬为荆州大都督府长史。

2　荆门：即荆门山，在今湖北宜都西北长江南岸，与北岸虎牙山相对。唐时多称荆州为荆门。

3　与农圃：耕田种菜。这里指隐居躬耕。

4　艺植：种植。

使至塞上

单车欲问边[1]，属国过居延[2]。
征蓬出汉塞[3]，归雁入胡天[4]。
大漠孤烟直[5]，长河落日圆[6]。
萧关逢候骑[7]，都护在燕然[8]。

———

　　塞北风光，大抵干净简洁、粗犷有力。与"北风卷地白草折，胡天八月即飞雪"（岑参《白雪歌送武判官归京》）的奇丽浑茫不同，王维只以"大漠孤烟直，长河落日圆"一联勾勒出北地简练有力的壮阔之景。尤其"直""圆"二字构图利落，锤炼极妙，为后世称道。《红楼梦》第四十八回香菱便说："想来烟如何直？日自然是圆的。这'直'字似无理，'圆'字太俗。合上书一想，倒像是见了这景的。若说再找两个字换这两个，竟再找不出两个字来。"前二联和尾联只平平道出，仿佛为这一联铺垫，使得此诗张弛有度、收放自如。

　　诗中所言皆为实景实事，与《少年行》等不同，堪称一首真正的边塞诗。诗人以"征蓬""归雁"自喻，切合使者身份，更在虚虚实实间流露出孤身走天涯的莽苍之气。尾联化用虞世南《拟饮马长城窟》"前逢锦车使，都护在楼兰"，另开新意，惹人遐想。

1　单车：一辆车，这里形容轻车简从。问：慰问。

2　属国：汉时称归附汉朝仍存国号的少数民族王国。一说为典属国，汉时负责属国事务的官员，唐时常指使者。居延：汉时称居延泽，唐时称居延海，在今内蒙古额济纳旗北境。

3　征蓬：随风飘转的蓬草，这里为诗人自喻。

4　归雁：从南方飞回的大雁。胡天：古时西北少数民族居住的地区。

5　大漠：大沙漠。烟：狼烟，古时边防常点燃狼粪报警。每日初更须燃狼烟报告平安，称之为平安火。

6　长河：疑指流经凉州（今甘肃武威）以北沙漠的石羊河，唐时称马成河。一说指黄河。

7　萧关：古关名，故址在今宁夏固原东南。这里非实指，袭用何逊《见征人分别》"候骑出萧关，追兵赴马邑"之意。候骑：负责侦察敌情的骑兵。

8　都护：汉唐时在边疆设置都护府，长官称都护。这里指河西节度使崔希逸。燕然：山名，即杭爱山，在今蒙古国境内。《后汉书·窦宪传》载，东汉窦宪大破匈奴军，登燕然山刻石纪功，史称燕然勒铭。这里用窦宪喻崔希逸。

出塞作　时为御史，监察塞上作[1]

居延城外猎天骄[2]，白草连天野火烧[3]。
暮云空碛时驱马[4]，秋日平原好射雕[5]。
护羌校尉朝乘障[6]，破虏将军夜渡辽[7]。
玉靶角弓珠勒马[8]，汉家将赐霍嫖姚[9]。

————

　　《观猎》写城中出猎，浑茫雅健，脱出尘俗；《出塞作》则写塞外出猎，有似军报，促迫紧急。

　　"居延城外"点破出塞，古意盎然，却音节紧促。一"猎"字总领前四句，实写围猎塞上的壮阔景观，"连天"即可见出猎气势。三四句一气而下，勾勒出身手矫健、凶猛剽悍的射猎画面。塞外出猎，实为军事演习。下四句便写实战立功，诗人以汉喻唐，虚写守边将士迅猛惊警，一朝一夕间已功成名就。"护羌校尉""破虏将军"，嵌入汉朝二官名，流利不失筋骨。"玉靶角弓珠勒马"连用三名物，可见军备精良。末以封赏劳军作结，颇为得体。

　　此诗写边塞建功一气雄浑，兴高采烈，真如方东树所言："此是古今第一绝唱，只是声调响入云霄。"（《昭昧詹言》）

————

1　御史：监察御史，主管监察百官、巡视州县等事务。王维于开元二十五年(737年)秋,赴河西节度使幕为监察御史。

2 居延城:见《使至塞上》注。天骄:见《燕支行》注。

3 白草:一种干后变白的牧草,生长于北方。

4 碛(qì):沙漠,不生草木的沙石地。

5 雕:一种似鹰而大、凶狠异常的猛禽。

6 护羌校尉:汉时主管防护西羌的官名。乘障:同"乘鄣",指登城守卫。障,边塞用于防御的城堡。

7 破虏将军:汉时将军的一种称号。辽:辽水,即辽河,发源于河北平泉,流经内蒙古、吉林、辽宁等地,在辽宁盘山入渤海。汉时,辽东乌桓反叛,中郎将范明友被任渡辽将军,过辽河,平定叛乱。这里指渡水夜袭。

8 玉靶:镶玉的剑柄,代指宝剑。角弓:用兽角装饰的弓。珠勒:用珍珠装饰的马络头。

9 霍嫖姚:西汉霍去病,因征伐匈奴有功,被赐嫖姚校尉。

从军行 [1]

吹角动行人 [2]，喧喧行人起。
笳悲马嘶乱 [3]，争渡金河水 [4]。
日暮沙漠垂 [5]，战声烟尘里。
尽系名王颈 [6]，归来报天子。

———

战争就是一曲交响乐，混合着带有各种情绪的乐音：征人的焦虑与思乡、战将的抱负与幽怨以及思妇的苦苦等待。诗人捕捉着专属于战斗的各种声响，通过声响的铺排，描述了一场战斗从开始到最终的全过程。

首以呜呜战角始，奠定了整首诗紧张的气氛。再以"行人"复沓，增加了全诗促迫感。而后"喧喧""笳悲""马嘶""争渡""战声"，接连"奏"起，呈现给读者一场关于战斗的听觉盛宴。"日暮"二句，采用了比描述更有力量的映衬暗示手法，只写日暮烟尘、杀声震天，交战的激烈可以想见。

此诗专注声响，善于描摹，堪称奇诗，在边塞诗中自成一格。

———

1　从军行：乐府古题，多军旅苦辛之辞。

2　角：军中吹奏以报时间的乐器，似今之军号。行人：出征之人。

3　箛：见《燕支行》注。

4　金河：即今黑河，因水中泥沙金紫色，故名金河，在今内蒙古和林格尔西北土城子。

5　垂：同"陲"，边。

6　名王：匈奴中名位尊贵的诸王。

陇西行[1]

十里一走马[2]，五里一扬鞭。
都护军书至[3]，匈奴围酒泉[4]。
关山正飞雪，烽戍断无烟[5]。

短短六句，一派静寂浑茫，却可想见紧迫的战事、激烈的战斗，诗人笔力之高超，令人拍案称绝。

"十里一走马，五里一扬鞭"起得突兀迅捷，流利明快的民歌语言，瞬息之间飞驰万里，充满诗意。为何迅疾若此？后二句紧跟而至，实写策马奔驰的原因是西北军情险急。本以为接下来会铺叙战争，诗人却一笔宕开，写战场上空那无痕的大雪，截断众流，利落浑厚。诗人无声凝望，却牵出读者无限想象和无比担心。

全诗仅三四句点出事件，前后各写场景，定格塞外荒凉而壮阔的风光，暗喻紧张而酷烈的战事，境界顿开，是盛唐气象。

1　陇西行：乐府古题，一名《步出夏门行》。陇西，即汉陇西郡，治所在今甘肃临洮。

2　十里：古时为记里数，在道旁设置堠（hòu，土堆），五里一堠，十里双堠。

3　都护：汉唐时在边疆设置都护府，长官称为都护。

4　匈奴：古时北方少数民族名。酒泉：即汉酒泉郡，治所在甘肃酒泉。

5　烽戍：古时边境报警，白昼施烟称为燧，夜晚放火称为烽。烽戍即为守望烽燧的哨所，唐时常三十里一设。

陇头吟 [1]

长安少年游侠客，夜上戍楼看太白[2]。
陇头明月迥临关[3]，陇上行人夜吹笛。
关西老将不胜愁[4]，驻马听之双泪流。
身经大小百馀战，麾下偏裨万户侯[5]。
苏武才为典属国[6]，节旄空尽海西头[7]！

　　当梦想照进现实，想必身经百战的关西老将也会不免
"双泪流"。诗人以月下听笛的画面，将长安少年的意气风发
和关西老将的怀才不遇整合起来，看似不同人物的简单对照，
却仿佛在叙述同一人梦想的慢慢凋零：少年的憧憬或许就是
老将当年的抱负，老将的抱负难申或许就是少年未来的命运。

　　此诗起势翩然，依稀间可见少年望太白而指点江山的神
采飞扬。"关西老将不胜愁"陡然一转，下笔浑脱沉郁，即便
写"麾下偏裨万户侯"的牢骚，也并不俗套。结尾极为凄凉，
以苏武作结，虽然可以看做一种安慰，却道出了老将心中那种
"此生最多如此"的绝望。诗篇虽短，却涵盖许多人生境遇，
令人不禁唏嘘。

1　陇头吟：乐府古题。陇头，即陇山，在今陕西陇县到甘肃清

水一带。

2　戍楼：边地驻军的瞭望楼。太白：即金星。古时以太白主兵象，据太白出没等情况测算战争的吉凶胜负。

3　迥：遥远。关：陇关，即陇山之关，故址在今甘肃清水陇山东坡。

4　关西：指函谷关以西之地，即今陕西、甘肃一带。

5　麾（huī）下：部下。偏裨（pí）：副将。万户侯：食邑万户以上的侯爵。

6　苏武：西汉武帝时人，字子卿。天汉元年（前100年）奉命出使匈奴，羁留长达十九年。后被迁至北海（今贝加尔湖）牧羊，使节上的节旄脱落殆尽。典属国：见《使至塞上》注。

7　节旄：装饰符节的牦牛尾。空尽：落尽。海西头：这里指北海。

老将行

少年十五二十时，步行夺取胡马骑[1]。

射杀山中白额虎[2]，肯数邺下黄须儿[3]。

一身转战三千里，一剑曾当百万师。

汉兵奋迅如霹雳[4]，虏骑崩腾畏蒺藜[5]。

卫青不败由天幸[6]，李广无功缘数奇[7]。

自从弃置便衰朽，世事蹉跎成白首[8]。

昔时飞箭无全目[9]，今日垂杨生左肘[10]。

路旁时卖故侯瓜[11]，门前学种先生柳[12]。

茫茫古木连穷巷，寥落寒山对虚牖[13]。

誓令疏勒出飞泉[14]，不似颍川空使酒[15]。

贺兰山下阵如云[16]，羽檄交驰日夕闻[17]。

节使三河募年少[18]，诏书五道出将军[19]。

试拂铁衣如雪色[20]，聊持宝剑动星文[21]。

愿得燕弓射大将[22]，耻令越甲鸣吾君[23]。

莫嫌旧日云中守[24]，犹堪一战立功勋。

  青年时踔厉风发固然可爱，而经历风霜仍旧高唱"会挽雕弓如满月，西北望，射天狼"（苏轼《江城子·密州出猎》）则弥足珍贵了，正如曹操诗云："老骥伏枥，志在千里；烈士暮年，壮心不已。"(《龟虽寿》)王维便塑造了这样一位老将形象：年轻时杀敌建功，却未加封官爵；弃置后隐居闲处，仍心系天下；战事起军情险急，犹渴望重归沙场。

　　此诗为七古长篇，举凡三章，每章五韵十句四组对仗，脉络分明，错落有致，堪称以律入古的典范之作。起篇从少年写起，闲散飘忽，"卫青不败由天幸，李广无功缘数奇"一转，陡然劲健。"天幸""数奇"对照，一股自嘲的不平之气喷薄而出。"自从弃置便衰朽"收拾起牢骚，径写落寞颓废。"誓令疏勒出飞泉，不似颍川空使酒"又以健笔振起，转写边疆战事。老将以西汉魏尚作比，自信仍堪重用。诗篇至此戛然而止，并不拖泥带水，别有一种身份。全诗通篇以汉喻唐，豪迈慷慨之馀流露出寒士怀才不遇的愤懑，令人倍感苍凉悲壮。

1　胡马：胡人之马，即匈奴马。此句用汉朝李广事，武帝元光六年（前129年），李广领兵出雁门击匈奴，被俘，佯死夺马而归。

2　白额虎：猛虎。此句用晋朝周处事，周处膂力绝人，却纵情肆意，乡人将其与南山白额虎、长桥水下蛟并称三害。周处誓除三害，便入山射虎，下水搏蛟，自行改过。

3　肯：可以。数：比较起来更突出。邺下：三国时魏国都城，在今河北临漳、河南安阳一带。黄须儿：曹操之子曹彰，因胡须黄色,被曹操称为黄须儿。曹彰虽不善文章,却孔武有力。

4　霹雳:响雷,形容神速。

5　虏骑:这里指匈奴军队。崩腾:纷乱溃败的样子。蒺藜:本为果实有尖刺的植物名,这里指铁蒺藜。古代战时常设铁蒺藜为障碍。

6　卫青:见《燕支行》注。天幸:侥幸,幸运。此处用霍去病事。霍去病为卫青外甥,常率精兵深入作战,屡建奇功,幸运的是从未受困。

7　李广:西汉名将。李广善骑射,事文、景、武三朝,智勇过人,匈奴畏之,称其为"汉之飞将军"。虽建功无数,却未能封侯。数奇:命运不好。

8　蹉跎:虚度光阴。

9　无全目:这里用后羿事,后羿与吴贺北游,吴贺令其射雀左目,却误中雀右目,羞愧万分。后世常用此事喻善射。

10　垂杨:即垂柳,见《戏题盘石》注。"柳"与"瘤"谐音,借指瘤。

11　故侯瓜:即东陵瓜。秦东陵侯召平,秦破后为布衣,在长安城东种瓜,瓜美,世称东陵瓜。

12　先生柳:晋末隐逸诗人陶渊明,因宅边有五棵柳树,自号五柳先生。

13　牖(yǒu):窗户。

14　疏勒:疏勒城,故址在今新疆奇台。此句用东汉耿恭事,明帝永平十八年(75年),耿恭据守疏勒城,匈奴围城并断绝水源,耿恭对井祈祷,水泉涌出。匈奴以为神明,遂撤离疏勒城。

15　颍川:秦汉郡名,治所在阳翟(今河南禹州)。此句用西汉灌夫事,灌夫为颍川人,为人刚直,常因酒使气,不好阿谀。后因使酒骂座被杀。

16　贺兰山:在今宁夏贺兰县西,一名阿拉善山。

17　羽檄:古时征调军队的文书,插鸟羽以示紧急。

18　节使:使臣,古时出使常持符节为信物。三河:汉时以河南、河东、河内三郡为"三河",在今山西西南部及河南北部一带。

19　诏书:朝廷昭告天下的文书。五道出将军:五位将军分道而出。本始二年(前72年),西汉与匈奴战,汉宣帝诏田广明、范明友、韩增、赵充国、田顺率十馀万骑,分五路出击,匈奴大败。

20　铁衣:用铁甲制成的战衣。雪色:形容铁衣的寒光。

21　星文:剑上镶嵌的北斗七星文。

22　燕弓:古时燕地所产的角弓名闻于世,故有燕弓一说。燕,燕地,在今河北北部和辽宁西部。

23　越甲:越国将士。鸣:震惊,惊扰。据《说苑》载,越国入侵齐国,齐国大臣雍门子狄请死,称因越甲惊扰了国君。越兵听说齐有此忠臣,便立即退兵。

24　云中守:指西汉云中太守魏尚,杀敌有功,却因上报敌人首级数目与实际不符,被贬官削爵。冯唐谏言文帝,魏尚遂官复原职。云中,秦汉郡名,治所在今内蒙古托克托东北。

哭孟浩然　时为殿中侍卿史，知南选，至襄阳作[1]

故人不可见，汉水日东流[2]。
借问襄阳老[3]，江山空蔡洲[4]！

　　诗题为"哭孟浩然"，诗却"哀而不伤"。虽不写痛哭流涕之状，却无处不透出诗人的不胜其悲。那滚滚东流的汉水，一去不返，就像故人离去，永无相见之日；向人询问故友踪迹，却只有蔡洲山水无语对答。浓郁得化不开的悲伤，足见王孟友谊的深厚。

　　此诗开篇破题，再以汉水作喻，不仅感慨友人逝去，更伤怀那无情岁月流转而去、绝不回还。第三句转，作一设问，且以"江山空"作结，戛然而止，留多少哀思呜咽于其中。此诗悼念故友，只二十字，无限伤悼，含而不露，正是盛唐本色。

1　殿中侍御史：唐时掌殿廷供奉仪式及朝仪纠察的官员。知南选：主持岭南、黔中郡县官吏的铨选，常由京官担任。襄阳：唐时县名，属襄州，即今湖北襄阳。孟浩然是襄阳人，曾自诩襄阳老。
2　汉水：即汉江，源出今陕西宁强，东流湖北，经襄阳南流，在武汉入长江，是长江最大支流。
3　借问：向别人询问。
4　蔡洲：在今湖北襄阳东南汉水折而南流处，因东汉末年蔡瑁在此居住而得名。

汉江临眺[1]

楚塞三湘接[2]，荆门九派通[3]。
江流天地外，山色有无中。
郡邑浮前浦[4]，波澜动远空。
襄阳好风日[5]，留醉与山翁[6]。

———

此诗临汉江而远眺，于烟波浩渺中独见清澈澄明，气象阔大而有馀味。

首二句直如解注《水经》，交待汉江地势与水情，浩然广大之气势已从笔端流注。次联将实景写得飘渺传神，直入虚白之境。尤其第四句有杳然世外之风致，后人纷纷效仿引用。如权德舆《晚渡扬子江诗》："远岫有无中，片帆烟水上。"欧阳修《朝中措》："平山栏槛倚晴空，山色有无中。"苏轼《水调歌头·黄州快哉亭赠张偓佺》："认得醉翁语，山色有无中。"颈联以郡邑浮沉、天空摇曳写水势浩大，水波荡漾。"襄阳风日好"总括上六句，转写自己愿与襄阳人同醉，更加反衬汉江临眺之美。

全诗气象涵蓄，浑茫无际，足可媲美孟浩然《望洞庭湖赠张丞相》、杜甫《登岳阳楼》。

1　汉江：又称汉水，见《哭孟浩然》注。临眺：登高望远。

2　楚塞：楚国的边塞，这里泛指江汉一带。三湘：漓湘、潇湘、蒸湘总称三湘。湘水在发源地与漓水合流叫漓湘，中游与潇水合流叫潇湘，下游与蒸水合流叫蒸湘。

3　荆门：见《寄荆州张丞相》注。九派：泛指长江在湖南、江西一带的支流。派，水的支流。

4　郡邑：郡邑府县，这里指襄阳。浦（pǔ）：水边。

5　襄阳：古地名，在襄水（今南渠）之北，古时山南水北谓之阳，故有襄阳之称，今属湖北襄阳。

6　山翁：西晋山简，"竹林七贤"之一山涛之子。山简曾镇守襄阳，好酒，每饮必醉。这里借指襄阳地方官。

送宇文太守赴宣城 [1]

寥落云外山[2]，迢遥舟中赏[3]。
铙吹发西江[4]，秋空多清响。
地迥古城芜，月明寒潮广。
时赛敬亭神[5]，复解罟师网[6]。
何处寄相思？南风摇五两[7]。

———

　　据学者考证，此诗为江上送客之作。首句以景语倒插，写远方云山相映，却寥落无几，一片苍凉之感悄然托出。然后破题，写江上相送，铙歌催发，再垫一景语"秋空多清响"，别情振起清亮空灵之声。五六句遥想宣城之景，最为妙绝，既切古城荒芜待治，又通物理，即江月圆、满潮平的自然规律。末二句回扣诗题，归结为别情无限。诗人作一设问，以江风吹送五两无声作答，蕴相思于笔端，悠然无尽。

　　全篇人事与物理相互融合，情与景相互生发，兴象清旷，字字切响，耐人咀嚼。

———

1　宇文太守：生平不详。太守，汉时官名，隋唐时多用为州刺史或知府的别称。宣城：唐时宣州治所，即今安徽宣城。
2　寥落：稀疏，稀少。

3　迢遥：形容遥远的样子。

4　铙（náo）吹：即铙歌，本为军中乐歌，后泛指仪仗中鼓乐敲打吹奏。铙，铜质圆形的打击乐器。西江：唐时多称长江中下游为西江。

5　赛：即赛神，设祭祀以酬神。敬亭神：安徽宣城有敬亭山，山上有神祠，其神曰梓华府君。

6　罟（gǔ）师：渔夫。

7　五两：古代测风器，用鸡毛五两或八两系于高竿顶上，用以观测风向、风力。

登辨觉寺 [1]

竹径从初地[2]，莲峰出化城[3]。
窗中三楚尽[4]，林上九江平[5]。
软草承趺坐[6]，长松响梵声[7]。
空居法云外[8]，观世得无生[9]。

——

　　此诗一联一事，从闻寺而来，到登寺而望，再到寺中静坐，最后了悟佛法，娓娓道来，不故意雕刻，却景象弘远，秩序井然。

　　首联以"竹""莲"对举，比"曲径通幽处，禅房花木深"（常建《题破山寺后禅院》）更多些超凡高远之气。三四句旷阔灵动，尺幅千里，与杜甫"窗含西岭千秋雪，门泊东吴万里船"（杜甫《绝句》）同为妙笔。观景亦悟道，涵括万里之景，正是佛法涵盖一切之喻。五六句一静一动，以"梵声"衬出静寂，具象深微，正可"观世得无生"。

　　此诗"无论兴象，兼是故事"（李攀龙、凌宏宪《唐诗广选》），化用佛典，浑化无迹。

——

1　辨觉寺：疑在今江西九江的庐山。

2　初地：佛家将修行的十个阶段称为"十地"，"初地"便是第一阶段,即"欢喜地"。这里借指寺院前第一层台阶。

3　莲峰:疑指庐山莲花峰。化城:佛家语,指一时幻化的城郭。相传佛为使一切众生修成大乘佛果,先作化城,即小乘涅槃,令众生中途暂作休息。这里用指辨觉寺。

4　三楚:秦汉时将战国楚地分为三楚,即西楚、东楚、南楚,后多泛指今湖北、湖南一带。

5　九江:泛指长江的九条支流。

6　趺(fū)坐:即跏(jiā)趺坐,又称结跏趺坐,双足交叠而坐。

7　梵声:指念佛诵经之声。

8　法云:佛家语,指佛法如云,能涵盖一切。

9　无生:佛家语,指没有生灭,不生不灭。佛家认为无生是万物的本质。

皇甫岳云溪杂题五首[1]（选三首）

其一　鸟鸣涧

人闲桂花落，夜静春山空。
月出惊山鸟，时鸣春涧中。

静坐春山，看花开花谢、月升月落，听涧水倾泻、鸟声啁啾，正所谓"闲事闲情，妙以闲人领此闲趣"（黄书灿《唐诗笺注》）。

四句二十字，字字清新灵秀，读之似可忘却烦恼，归于平静。前二句妙在一"落"字，此字一出便可见人之"闲"、夜之"静"、山之"空"三种佳境。后二句妙在"惊"字，它赋予了月亮和山鸟拟人化的性格，与《栾家濑》"跳波自相溅，白鹭惊复下"有异曲同工之妙。末以"鸟鸣春涧"作结，进一步印证了人闲夜静和山空，即"蝉噪林逾静，鸟鸣山更幽"（王籍《入若耶溪》）。

一说此诗为解说佛理的造境，正如《大般涅槃经》所说："譬如山涧因声有响，小儿闻之，谓是实声，有智之人，解无定实。"

其三　鸬鹚堰[2]

乍向红莲没，复出清蒲飏[3]。
独立何褵褷[4]，衔鱼古查上[5]。

　　此诗短短四句二十字，却写出了鸬鹚倏忽入水、陡然跃出、闲闲独立的完整片段，很有现代电影分镜头的感觉。这或许得益于诗人不费笔墨、字字传神的高超手段。

　　"乍向""复出""飏"，仿佛可见鸬鹚俯身下冲，一瞬便跃出水面的迅捷和灵敏。"独立""衔鱼"，鸬鹚捕鱼后自得的样子呼之欲出。"褵褷"，精准地传达出鸬鹚羽毛浸水未干的状态，诗人善于观察和表现的能力可见一斑。前二句写动，后二句写静，各臻其妙，其"红莲""清蒲""古查"等名词自带色彩，点缀诗中，令画面更加明朗清新。

其五　萍池[6]

春池深且广，会待轻舟回。
靡靡绿萍合[7]，垂杨扫复开[8]。

　　春池静谧，水波不兴，只有垂柳轻拂、绿萍开合。静中寓动，动更见其静，真"深得临水静观之趣"（俞陛云《诗境浅说续编》）。

诗人不加多辞，不费浓墨，只以惊人的观察力，将眼中之景一径写来，便是一片幽静：首句写池水清幽；次句宕开遥想轻舟经过；第三句牵回笔墨，写浮萍缓慢闭合，又与第二句相应互见；末句再进一层写浮萍微开，但既非轻舟荡开，又非微风吹开，而是垂柳拂开，可谓得趣天然，流利活泼。后二句注力较多，下字纡徐稳准，"靡靡"见出浮萍慵懒之态，"扫"则状出垂柳俏皮之态。

1　皇甫岳：唐时人，皇甫恂之子。云溪：不详。一说在润州丹阳郡，即今江苏镇江；一说即若耶溪，又名五云溪，在今浙江绍兴南。

2　鸬鹚：即鱼鹰，羽毛为金属黑色，善潜水捕鱼，常被渔人驯养。堰（yàn）：挡水的堤坝。

3　蒲：即蒲草，生活在水中或沼泽，夏天开黄花，又称香蒲。飏（yáng）：同"扬"，扬起，飞。

4　襹褷（líshī）：羽毛初生时濡湿黏合的样子。

5　古查（zhā）：同"古楂"，古旧的木筏。

6　萍：即浮萍，浮生水面，叶子表面绿色，背面紫红色。

7　靡（mǐ）靡：形容缓慢的样子。

8　垂杨：即垂柳，见《戏题盘石》注。

送邢桂州[1]

铙吹喧京口[2]，风波下洞庭[3]。
赭圻将赤岸[4]，击汰复扬舲[5]。
日落江湖白，潮来天地青。
明珠归合浦[6]，应逐使臣星[7]。

　　热闹喧嚣的送行，诗人却遥想顺流而下的畅快和沿途所见的壮阔雄伟，以典故劝讽作结，委婉曲折又平和得体。

　　颔联用当句对，"赭圻"对"赤岸"，"击汰"对"扬舲"，上下句又宽对，灵活流畅，如"即从巴峡穿巫峡，便下襄阳向洛阳"（杜甫《闻官军收河南河北》）般昂扬奋进。颈联更为精妙，抓住日落潮来刹那间的景色变化，气象宏阔，大有涵盖一切之势。其用色简练明快，历来被后世称颂，曹雪芹曾借香菱之口，赞此诗道："这'白''青'两个字，也似无理，想来必得这两个才形容得尽，念在嘴里，倒像有几千斤重的一个橄榄。"（《红楼梦》第四十八回）

1　邢桂州：生平不详。桂州，唐州名，治所在今广西桂林。
2　铙吹：见《送宇文太守赴宣城》注。京口：古城名，故址在今江苏镇江。

3　洞庭：即洞庭湖，位于湖北、湖南之间的长江中段荆江南岸。

4　赭圻（Zhěqí）：古城名，故址在今安徽繁昌西北。赤岸：山名，在今江苏六合东南。

5　击汰：以船桨拍击水波。汰，水波。舲（líng）：有窗户的小船。

6　合浦：汉时郡名，治所在今广西合浦，以产珍珠著名。这里用东汉合浦太守孟尝典。合浦前太守因开采无度，令珍珠减产，孟尝到任后，百姓安居，珍珠产量得以恢复。

7　使臣星：用东汉李郃典。益州来二使者，李郃夜观星象，见二使臣星进入益州分野，便知此事。后用"使臣星"喻指朝廷使者，这里指邢桂州。

送赵都督赴代州得青字[1]

天官动将星[2]，汉地柳条青。
万里鸣刁斗[3]，三军出井陉[4]。
忘身辞凤阙[5]，报国取龙庭[6]。
岂学书生辈，窗间老一经！

有唐一代，几乎人人都有一个建立边功的梦想。王维亦将这种追求融入送别诗中，将别离写成斗志昂扬的誓师壮行，笔力雄健。

起篇便有峻嶒之势，上写天星已动，下写人间正春，笔意纵横，雄厚无匹。天时地利兼备，有如箭在弦上，必得速发，故写行军整肃，又得人和，是为第二联。三四联化用“初唐四杰”杨炯《从军行》“牙璋辞凤阙，铁骑绕龙城”和“宁为百夫长，胜作一书生”，却得新意：将杨诗不相连的诗句对接，骤现建功的紧蹙快意；将杨诗末句改造成一联的上下句，舒缓全篇一鼓作气的节奏，更耐咀嚼。

1　赵都督：生平不详。都督，唐时在部分州郡设置都督府，各设都督一人，督管诸州军事。代州：唐州名，治所在今山西代县。得：古时相约作诗，常规定一定韵字，然后分拈韵字，依韵而赋,称为"得"。

2　天官:古时人们把天上的星座分为五官,认为五官与人间官位一样有司职、尊卑之分。将星:星宿名。古人认为将星主武兵,星摇则战事起、大将出。

3　刁斗:古时行军用具,白天用来烧饭,晚上用来敲击巡更。

4　井陉(xíng):即井陉口,故址在今河北井陉北面的井陉山上,因似井而得名。

5　凤阙:汉宫阙名,上铸有铜凤凰。后用以指代帝王或者朝廷。阙,宫门前的望楼。

6　龙庭:又称龙城,匈奴单于祭天之所,其地在今蒙古国鄂尔浑河西侧和硕柴达木湖附近。

终南别业 [1]

中岁颇好道[2]，晚家南山陲[3]。
兴来每独往[4]，胜事空自知[5]。
行到水穷处，坐看云起时。
偶然值林叟[6]，谈笑无还期。

　　或许因为王维有信仰，其诗总能读出一种超脱和圣洁，"行到水穷处，坐看云起时"便如此。此诗直叙，看似并无雕琢，不言别业，却句句不离别业，随性洒脱中写尽别业生活的自由、悟道的自然而然以及心境的空净澄明。

　　诗人在别业中独来独往，别人不解，自己却乐在其中，享受那份悠然自得。"行到""坐看"二语相应，闲适惬意外又多一份禅理，无怪南宗常用其示法开悟。陆游"山重水复疑无路，柳暗花明又一村"（《游山西村》）看似与此联相似，若论清空高邈却逊色王维许多。"偶然"二字总括，将求道、别居、赏景的无心遇合一语道中，得趣惊警。

　　前人多称此诗为无言之境、无尽之味的典范，魏庆之甚至称其为"蝉蜕尘埃之中，浮游万物之表者"（《诗人玉屑》）。

1　终南：即终南山，主峰在今陕西西安。别业：见《从岐王过杨氏别业应教》注。

2　中岁：中年。道：这里指佛理。

3　南山：即终南山。

4　每：常常，总是。

5　胜事：美好的事情。

6　值：遇到，逢着。林叟：居住在山林中的老人。

终南山 [1]

太乙近天都[2]，连山到海隅[3]。
白云回望合，青霭入看无[4]。
分野中峰变[5]，阴晴众壑殊[6]。
欲投人处宿，隔水问樵夫。

———

"夫画道之中，水墨最为上……或咫尺之图，写千里之景。"（王维《山水诀》）诗人善画，更善以画入诗。

此诗移步换形，变更视点：先写仰望高山，高远不可及，是为首联；颔联写步入山中，浑茫有鸿蒙之气，"回望合""入看无"将山间白云随行人而分分合合、青霭远看浓郁近却无的场景一笔写尽；颈联则从山巅鸟瞰，终南山横跨几个州郡，就连气候都变幻万千；尾联又从山脚遥望，以隔水一问作结，不言山景，却可见山远人稀的辽阔奇丽。结句妙，拈出游人，为全诗点染生气，又含无尽意，可以想见问答之声回荡山水间的空阔高远，真有画笔难到之处。

———

1　终南山：见《终南别业》注。
2　太乙：终南山主峰名，常用来代称终南山。天都：本指天帝所居之所，后指帝王的都城。

3　海隅（yú）：海边，海角。

4　霭：云气。青霭是指山中的青色云气。

5　分野：古时以天上的二十八个星宿的位置与地上的州郡相

配，被称为分野。

6　壑：山谷。

戏赠张五弟諲三首[1]　时在常乐东园走笔成[2]

其　一

吾弟东山时[3]，心尚一何远。

日高犹自卧，钟动始能饭[4]。

领上发未梳，床头书不卷。

清川与悠悠，空林对偃蹇[5]。

青苔石上净，细草松下软。

窗外鸟声闲，阶前虎心善。

徒然万虑多[6]，澹尔太虚缅[7]。

一知与物平[8]，自顾为人浅。

对君忽自得，浮念不烦遣[9]。

随缘任化的洒脱，总有那么一种令人向往的魅力。此诗字里行间充满了自由高远的气息，"日高犹自卧"四句，简笔勾勒出不修边幅、慵懒闲适的隐士形象。"清川"二句一带，转而写景。"窗外鸟声闲，阶前虎心善"状物奇绝，却以平和出之，足见会心适意的喜悦。末二句，写自我了悟，与"心尚一何远"相互映衬。

全篇自然而下，结构完整。与陶渊明诗文意趣颇为相近，如"日高犹卧""床头书卷""清川""空林"等皆陶诗语言，真“有陶家遗韵”（黄培芳《唐贤三昧集笺注》）。

1　张五弟諲（yīn）：张諲，永嘉（今浙江永嘉）人。早年隐居少室山（属嵩山）下，后应举，官至刑部员外郎，天宝间归隐不出。在家排行第五，故称其为张五。善草隶，工丹青，与李颀、王维为友。

2　常乐：即常乐坊，在长安城朱雀门街东第五街，兴庆宫南。

3　东山：见《送綦毋潜落第还乡》注。

4　钟：指斋钟，寺院报斋时的钟声。佛教戒律规定，正午过后不进食，故此当为日中斋钟之声。

5　偃蹇：安卧。

6　徒然：枉然。

7　澹尔：形容恬静无为的样子。太虚：深幽玄远之道。缅：远。

8　与物平：即齐物，道家以为“天地与我并生，而万物与我为一”。

9　浮念：浮躁虚妄之念。

答张五弟[1]

终南有茅屋[2]，前对终南山。

终年无客长闭关，终日无心长自闲。

不妨饮酒复垂钓，君但能来相往还？

　　这是一封邀饮的短笺，王维却以诗代书，将邀请写出清迥真趣，殊为难得。此诗全写自己，只着末句点缀对方，看似不假雕琢、毫无构思，实为主宾有致，馀韵无穷。

　　开篇以两"终南"起，刻画别业所在，隐括景致清幽。而后巧妙地将"终南"的"终"移用为时间，又着二"无"二"长"，相同的七言句式，复沓叠加出一种孤寂闲适和待客急迫糅合的情绪。后二句邀饮，亲切之馀，于"不妨""复""但能"等虚字间，倒见出纡徐自在之态，堪称奇绝。全诗六句四韵，蕴含无限情思，耐人悬想。

1　张五弟：见《戏赠张五弟諲三首》注。
2　终南：见《终南别业》注。

送丘为落第归江东[1]

怜君不得意，况复柳条春。
为客黄金尽[2]，还家白发新。
五湖三亩宅[3]，万里一归人。
知祢不能荐[4]，羞为献纳臣[5]。

人生不得意，并非都能"明朝散发弄扁舟"（李白《宣州谢朓楼饯别校书叔云》），潇洒而去。诗人以"怜"始、以"羞"终，刻画了一个穷愁潦倒的落第书生形象，表达了极度的同情和对现实的不满。

首句总领全篇，以"况复"句中转折，更增一层凄凉。紧接二联，一句一事，写出丘为的困顿、年老、贫穷和孤独，极尽笔墨，无字不悲，自然逗出尾联，神完气足，浑圆流畅。诗人时为荐举之官，却连自己的友人也不能荐举，一"羞"字不仅写出他内心的不安，更暗含几多无言的愤懑。"五湖三亩宅，万里一归人"，叠用数目字，却以类似当句对的方式构成强烈反差，毫不做作，仿佛见到丘为踽踽独行的背影，催人泪下。

1　丘为：苏州嘉兴（今浙江嘉兴）人，天宝二年（743年）登进士第，官至太子右庶子。江东：指长江下游（今安徽芜湖、江苏南京以下）的南岸地区。

2　黄金尽：用战国时苏秦典。苏秦游说秦王，上书十次都未成功，黑貂之裘弊，黄金百斤尽。

3　五湖：这里指太湖流域。

4　祢：指东汉祢衡，字正平。孔融爱其才，曾上疏举荐。

5　献纳臣：进献忠言之臣。王维时任补阙，掌供奉讽谏，有荐举贤能之责，故称。

哭殷遥[1]

人生能几何？毕竟归无形[2]。
念君等为死，万事伤人情。
慈母未及葬，一女才十龄。
泱漭寒郊外[3]，萧条闻哭声。
浮云为苍茫，飞鸟不能鸣。
行人何寂寞，白日自凄清。
忆昔君在时，问我学无生[4]。
劝君苦不早，令君无所成。
故人各有赠，又不及生平。
负尔非一途[5]，痛哭返柴荆[6]。

　　此为王维悼念亡友之作，出语朴质，沉痛却过于他作。开篇以一问一答咏叹人生，看似洒脱，实为三四句做出铺垫。五六句叙事，单拈慈母小女，足可印证"万事伤人情"。"泱漭"句宕开，写亲友哭泣、万物神伤。"忆昔君在时"四句，追忆往事，逼出末句的悲痛自责，似有哭声溢出纸外，凄怆动人。

　　此诗将写景、叙事和抒情总为一端：寒郊、浮云、飞鸟、行人、白日是眼前景，更是心中情；叙事则推进情感的发展，令悲伤不断加强，直至最深沉的悲恸。

1　殷遥：润州丹阳（今江苏镇江）人，卒于天宝初年。开元中，曾任忠王府仓曹参军、秘书省校书郎。在家排行第四，与王维、储光羲友善。

2　归无形：指死亡。

3　泱漭（yāngmǎng）：广大，浩瀚。

4　问我：向我询问。无生：见《登辨觉寺》注。学无生，指学佛。

5　一途：指一端，一处。

6　柴荆：柴门。

班婕妤三首 [1]（选一首）

其　二

宫殿生秋草，君王恩幸疏。
那堪闻凤吹[2]，门外度金舆[3]！

———

汉成帝曾邀班婕妤同辇游园，婕妤拒绝说："圣贤君主当有名臣在侧，末世昏君才有宠幸的女子陪同。"这就是婕妤辞辇的故事。此诗暗用其典，写君王转幸他人，却"本意一毫不露，作法高绝"（黄生《唐诗摘钞》）。

全篇截然二段，意脉连属，曲折动人：首以景语开端，写门内秋草丛生，正叙失宠；又以景语作结，写门外君主路过，只留下滚滚车声渐行渐远，"那堪"更增一倍凄凉。后二句语意新颖，刘禹锡将其敷衍成诗，是为《阿娇怨》："望见葳蕤举翠华，试开金屋扫庭花。须臾宫女传来信，云幸平阳公主家。"

———

1　班婕妤：乐府古题，属相和歌辞，为歌咏汉成帝妃嫔班婕妤所作。班婕妤，西汉班况之女，汉成帝之妃。初受宠，赵飞燕姐妹入宫后失宠，请居东宫，作《怨歌行》以自伤。

2　凤吹：指出行奏乐之声。相传周灵王太子王子乔喜好吹笙,作凤凰鸣叫,随浮丘公到嵩高山,最后乘白鹤升天成仙。
这里用其典。

3　金舆:指帝王的车驾。

送张五諲归宣城 ¹

五湖千万里²，况复五湖西！
渔浦南陵郭³，人家春谷溪⁴。
欲归江淼淼⁵，未到草萋萋⁶。
忆想兰陵镇⁷，可宜猿更啼。

———　别情无限，别景凄然。首句以"五湖"复沓，以"况复"递
进，振起高调，咏叹友人归途之遥。李商隐"刘郎已恨蓬山
远，更隔蓬山一万重"（《无题》）句，与此句法相同。紧接二
句写五湖西的宣城，点缀二地名，质朴真实，如在目前。第三
联宕开，复写归途的江水茫茫，芳草萋萋。"未到"二字妙，一
种别情自得、万物伤心的情绪蔓延开来。尾联不写自己思念
友人，反而推想友人到达兰陵，听取猿啼，必然泪水沾湿衣裳，
多少情思杳渺，委婉不尽。正如屈复所说："起突然，结悠然，
有无限深情在语言之外。"（《唐诗成法》）

———　1　张五諲：见《戏赠张五弟諲三首（其一）》注。宣城：见《送
宇文太守赴宣城》注。
2　五湖：见《送丘为落第归江东》注。
3　南陵：今安徽南陵，唐时属宣城。

4　春谷溪：水名，唐时在南陵境内。

5　淼（miǎo）淼：形容水势浩大。

6　萋萋：形容草木茂盛的样子。

7　兰陵镇：古地名，故址在今安徽宿松附近。

待储光羲不至 [1]

重门朝已启，起坐听车声。
要欲闻清佩，方将出户迎。
晚钟鸣上苑 [2]，疏雨过春城。
了自不相顾 [3]，临堂空复情。

　　此诗似上下二截，上四句写"待储光羲"，下四句写"不至"，破题明晰，章法井然。

　　在从早到晚的等待中，诗人极尽笔墨，细致地刻画出期盼友人到来时不断变化的心理："朝已启""起坐"，可以想见诗人的坐立不安；"要欲""方将"虚词，则抓住了久盼不至时一瞬间的错觉，苦心之至；"晚钟鸣""疏雨过"，以景语写等待的漫长过程，"过"字尤妙；友人不至，诗人仍"空复情"，馀情渺渺，留无限回味。

　　储光羲有《答王十三维》："门生故来往，知欲命浮觞。忽奉朝青阁，回车入上阳。落花满春水，疏柳映新塘。是日归来暮，劳君奏雅章。"疑为答此诗所作。

　　1　储光羲：润州延陵（今江苏丹阳）人。开元十四年（726年）进士及第，官至监察御史。他在隐居终南山和任职长安期间，曾与王维往来唱酬。

2　上苑：帝王的园林。

3　了：明了，明白。

奉寄韦太守陟[1]

荒城自萧索[2]，万里山河空。
天高秋日迥，嘹唳闻归鸿[3]。
寒塘映衰草，高馆落疏桐。
临此岁方晏[4]，顾景咏《悲翁》[5]。
故人不可见，寂寞平林东[6]。

“大凡物不得其平则鸣。”（韩愈《送孟东野序》）挚友被
贬，又秋景苍凉，牵出多少同情与思念。天高日迥，归雁悲
鸣，一静一动，一辽阔一凄厉，萧条肃杀顿现。寒塘衰草，高
馆疏桐，一映一落，凄冷情调直逼“寒塘渡鹤影，冷月葬诗魂”
（《红楼梦》第七十六回），风致却高华无匹。中二联皆为首联
张本，第二句“空”对末句“寂寞”，首尾呼应，结构自然。

“故人不可见”，在王维诗中凡三见：《哭孟浩然》为诗
首，咏叹亡友，悲难自胜；《至滑州隔河望黎阳忆丁三寓》为
诗中，思念旧友，悠然平和；此为诗尾，同情老友，孤独凄凉。

1　韦太守陟：韦陟，字殷卿，京兆万年（今陕西西安）人。因
　　受李林甫所忌，出为襄阳太守。
2　萧索：萧条，冷落。

3　嘹唳（liáolì）：形容声音响亮凄清。

4　岁方晏：岁末，一年将尽的时候。

5　《悲翁》：即《思悲翁》，汉鼓吹铙歌十八曲之一。

6　平林：平原上的树林。

酬比部杨员外暮宿琴台朝
跻书阁率尔见赠之作[1]

旧简拂尘看[2]，鸣琴候月弹。
桃源迷汉姓[3]，松树有秦官[4]。
空谷归人少，青山背日寒。
羡君栖隐处，遥望白云端。

———

　　琴书相伴，文人高情雅韵可见一斑。首二句破题寓酬答之意，"拂尘""候月"可见情韵翩然。第二联化用典故，浑然高古，委婉工整，写出杨员外"栖隐处"之明丽。颈联妙，作对新颖，精警疏冷，写出"栖隐处"之清幽，有如"幽人独往来，缥缈孤鸿影"（苏轼《卜算子·黄州定慧院寓居作》）般凄然冷落。"青山背日寒"，出语陌生，又合乎情理，足见诗人心思细密，笔法高妙。尾联回扣上二联，叙向往之意。

　　酬答之作却能意境优美，韵调清高，别有风致，着实不易。

———

　　1　酬：酬和，用诗歌应答。比部杨员外：生平不详。比部，唐时属刑部，掌稽查、审察内外籍账。琴台：又称琴堂，在单父（在今山东单县）。相传孔子弟子宓不齐任单父宰，在此弹琴，身不下堂而单父治。跻（jī）：登。率尔：形容匆忙直率的样子。

2　旧简：古籍。简，竹简。

3　桃源：用陶渊明《桃花源记》典，即桃花源中人"不知有汉，无论魏晋"。

4　秦官：用秦始皇典。秦始皇封泰山，遇雨躲在松树下，便封松树为五大夫。

崔九弟欲往南山马上口号与别 [1]

城隅一分手 [2]，几日还相见？
山中有桂花，莫待花如霰 [3]。

口号之作，多冲口而出，不假深思，故畅快淋漓却涵蕴不足。此诗则言简义丰，语淡情深，殊为难得。

首二句以"城隅"始，写分别，后二句以"山中"始，宕开写促归，似截然二分，意脉却互相连属。"一""还"二虚字，将别离的不舍和相聚的无期直接道出，古朴深情，简洁动人。别情固然伤神，山中之景更惹人向往，故牵出后二句：山中桂花正好，不如快些归去。与其说是劝人归去，不如说劝自己快些归去。

此诗不仅是有节制的送别诗，更是一首透出理想追求的咏怀诗，冲淡自然之馀，更让人领略无尽的言外之意。

1　崔九弟：崔兴宗，王维表弟，在家排行第九。曾隐居山中，后出仕，官至右补阙。南山：即终南山。口号：随口吟成的诗，似"口占"，多用于诗题。

2　城隅（yú）：城角，多指城根偏僻空旷之地。

3　霰（xiàn）：水蒸气在高空遇到冷空气凝结成的小冰粒，白色不透明，呈球状或圆锥形。

送秘书晁监还日本国[1]

积水不可极[2]，安知沧海东[3]？
九州何处远[4]，万里若乘空。
向国惟看日，归帆但信风。
鳌身映天黑[5]，鱼眼射波红。
乡树扶桑外[6]，主人孤岛中[7]。
别离方异域，音信若为通[8]。

———　　友人归去，本就难舍难分。晁衡还归日本，前途未卜，路途艰险，更令诗人牵挂。

　　此诗起势突兀，用递进式反问喟叹日本国之遥远，化用谢灵运"莫辨洪波极，谁知大壑东"（《行田登海口盘屿山》），透出无尽担心。三四句又用一问一答，再次强化路途之遥远。"向国惟看日，归帆但信风"，上句承前而下，用"日"双关日边之远和日本国，下句则另开一意，点染出路途之艰险。"但信风"仿佛诗谶，与晁衡此行遇风阻断暗合。"鳌身映天黑，鱼眼射波红"则以浓墨重彩般的画笔，刻画出一场怪兽傍身、惊心动魄的海上旅行。后二联设想晁衡返乡的情景，不说自己思念晁衡，反说晁衡在孤独的日本想念"第二故乡"唐朝，却无法互通音信。此种设墨，令别情更见浓郁，仿佛生离便是死别,感人至深。

　　通篇切合日本地理,奇横险怪又合乎情理,无怪陈继儒评论说:"送日本无过之者"(《唐诗选》)。

1　秘书晁监:晁衡,原名仲满、阿倍仲麻吕,日本人。唐玄宗开元五年(717年),阿倍仲麻吕随日本遣唐使来到中国,改名晁衡,留做唐朝官员,官至秘书监。天宝十二载(753年),晁衡返国探亲。途中遇风,返回长安,于大历五年(770年)卒。秘书监,掌管图籍书册的官员。

2　积水:这里指大海。极:到达尽头。这里用"不可极"形容海水广袤。

3　沧海:大海,一说指东海。

4　九州:相传大禹治水时,把天下分为徐州、冀州、兖州、青州、扬州、荆州、梁州、雍州和豫州等九州,后常用九州代指中国。

5　鳌(áo):传说海中能负山的大龟。

6　扶桑:相传扶桑为日出之所,因用扶桑借指日本。

7　主人:这里指晁衡。

8　若为:怎样,如何。

同崔员外秋宵寓直[1]

建礼高秋夜[2]，承明候晓过[3]。
九门寒漏彻[4]，万井曙钟多[5]。
月迥藏珠斗[6]，云消出绛河[7]。
更惭衰朽质，南陌共鸣珂[8]。

共值省中，即物写景，虽无深意，却笔调清华，艺术手法高超。

此诗上四句，全不写夜景：首联破题写"秋宵寓直"；次联写晓至。五六句则倒插而入，反叙天空从夜晚到黎明的演绎：夜月远去，北斗星渐渐隐没；云雾消散，银河浅浅映出。"藏""出"二字，动态感十足，生意盎然又自然高洁。"九门寒漏彻"二句，从宫中写到宫外，纵横捭阖，精工浑圆。后二句扣题写意，着一"惭"字，衰朽无力之感跃然纸上。以"鸣珂"作结，仿佛无限笔意萦绕耳边，渺远悠长。

1　崔员外：生平不详。寓直：值宿禁中。
2　建礼：汉宫门名，其内为尚书台所在地。这里借指唐时尚书郎值夜之所。
3　承明：即承明庐，汉时侍从之臣值夜之所。

4　九门：古时帝王宫殿有九门，后泛指皇宫之门。

5　万井：古时以地方一里为一井，万井常借指千家万户。

6　珠斗：指北斗星相贯如珠。

7　绛河：即银河。

8　鸣珂：马勒上的玉饰叫珂，行则作响，故称鸣珂。

春日与裴迪过新昌里访吕逸人不遇¹

桃源一向绝风尘²，柳市南头访隐沦³。
到门不敢题凡鸟⁴，看竹何须问主人⁵？
城外青山如屋里，东家流水入西邻。
闭户著书多岁月，种松皆老作龙鳞⁶。

———

　　东晋有王子猷雪夜访戴，称"乘兴而行，兴尽而返，何必见戴"（刘义庆《世说新语》）；唐则有王维、裴迪春日访友不遇，却写下青山流水一片自在的诗篇。

　　诗人先一笔宕开，"绝风尘"括尽隐居之所，再倒装写"访"。"柳市"与"隐沦"当句并举，一种"大隐隐朝市"（王康琚《反招隐诗》）的洒脱油然纸上。颔联用典，切"吕"姓，一反用一活用，极写访客和主人之脱俗。颈联承首句，续写山水之清新可亲。"东家流水入西邻"当句对，白居易将其敷衍成"东涧水流西涧水，南山云起北山云"（《寄韬光禅师》）。尾联落脚隐逸，闭门索居却高标世外，不问世事却龙鳞愈健。结语奇突，以松喻人，自有一种气盛高蹈的隐士情怀。

———

1　裴迪：河东（今山西）人。晚年居辋川、终南山，与王维过从甚密。新昌里：又名新昌坊，在长安城朱雀门街东第五街。

　吕逸人：生平不详。逸人，隐逸之士。

2　桃源：桃花源，这里借指吕逸人隐居之处。

3　柳市：汉时长安城西、渭水北岸有柳市。柳市繁华热闹，与东市、西市并称。这里指代繁华之所。隐沦：隐者，隐士。这里指吕逸人。

4　凡鸟：繁体"鳳"的拆字，比喻庸才。三国时期，吕安探访好友嵇康，嵇康不在，其兄嵇喜请吕安进门，吕安只在门上题写"鳳"字离去。"鳳"字拆开为凡鸟，吕安用以讥讽嵇喜平庸。

5　看竹何须问主人：化用东晋名士王徽之典。王徽之，字子猷。他曾路过吴中，见一个士大夫家中竹子极好，径直前往竹林讽啸，兴尽欲去。主人想与之结交，便闭门不让其出，王徽之由此赏主人，乃留坐而饮。

6　龙鳞：形容老松表皮干燥皴裂，有如龙鳞。

酬郭给事[1]

洞门高阁霭馀晖[2]，桃李阴阴柳絮飞[3]。
禁里疏钟官舍晚[4]，省中啼鸟吏人稀[5]。
晨摇玉珮趋金殿[6]，夕奉天书拜琐闱[7]。
强欲从君无那老[8]，将因卧病解朝衣[9]。

光环之下，常有荆棘满布，急流勇退或许是不错的选择。诗人酬答友人，切给事身份，极尊其位。首二联点出暮春晚景，写馀晖从"洞门高阁"入，写柳絮从"桃李阴阴"入，见出给事居住在深宫之中，高华典重。颔联收束写官署，闲静疏朗，却不乏雍容之态，"疏钟""啼鸟"流露出内心的苏世独立。颈联敷衍写官职所司，朝夕陪侍，勤恳恭敬，将友人之德推至一定高度。尾联写及自己隐退之心，"解朝衣"三字，不写自己向往山水，而写对朝服的依依不舍，可见诗人温柔敦厚之心。

岑参《西掖省即事》称："官拙自悲头白尽，不如岩下偃荆扉。"与此诗同意，论者多以此诗所言较佳。

1　郭给事：郭慎微，与李林甫关系密切，曾与王维有交往唱和。给事，即给事中，属门下省，掌陪侍左右，分判省事。

2　洞门：深邃的宫殿或宅第中重重相对的门。霭：形容众多旺盛的样子。

3　阴阴：树叶浓密的样子。

4　禁里：宫内。

5　省中：宫禁之内，或指门下省内。

6　玉珮（pèi）：唐时五品以上官员饰有玉佩，材质为水苍玉。一说指古人用来节制行步的玉佩。

7　天书：见《敕借岐王九成宫避暑应教》注。琐闱：镂刻连锁图案的宫中侧门。唐时称给事中为夕郎、夕拜，因其日暮须对青琐门拜，此用其事。

8　无那：无奈。

9　解朝衣：指辞官归隐。

过沈居士山居哭之 [1]

杨朱来此哭 [2]，桑扈返于真 [3]。
独自成千古 [4]，依然旧四邻。
闲檐喧鸟雀，故榻满埃尘。
曙月孤莺啭，空山五柳春 [5]。
野花愁对客，泉水咽迎人。
善卷明时隐 [6]，黔娄在日贫 [7]。
逝川嗟尔命 [8]，丘井叹吾身 [9]。
前后徒言隔，相悲讵几晨？

挽诗重在以情动人，所谓"诔文既款恳，挽诗并愁绝"（方文《述哀》）。诗人哭悼亡友，哀不自胜。首尾各下四语，述说哀恸之意，语挚情深，字字伤神。"独自成千古，依然旧四邻"，深沉凄切，几多辛酸与哀伤溢出笔端。"逝川嗟尔命"四句，从伤逝写到哀叹自身，杳渺悲情萦绕心间，久久不去。

此诗将亡友比作桑扈、陶潜、善卷、黔娄，赞其安贫乐道的清高节操。友人故去，人神共伤："闲檐"一联见出山居寂寞；"曙月"一联道出山景愁人；"野花"一联移情入景，万物悲伤。一联更比一联悲情，正契合挽诗本色，王夫之便赞其"挽诗得此，神理不减"（《唐诗评选》）。

1　沈居士：生平不详。居士，在家修道奉佛之人。

2　杨朱：字子居，战国时期魏国人，主张"为我"，不拔一毛以利天下。《列子·仲尼》载，随梧死去，杨朱抚其尸而哭。这里以杨朱自喻。

3　桑扈：即子桑户。《庄子·大宗师》载，子桑户去世，其友相和而歌："而已返其真，而我犹为人猗！"

4　千古：死的婉辞，有不朽、永别之意。

5　五柳：见《老将行》注。这里代指沈居士山居。

6　善卷：舜时隐士。《庄子·让王》载，舜曾以天下让善卷，善卷不受，至深山隐居。这里用以喻沈居士。

7　黔娄：战国时齐国隐士，家贫。齐鲁国君曾聘赐于他，皆不受。死时，其妻谥其为"康"，赞其"不戚戚于贫贱，不忻忻于富贵，求仁而得仁，求义而得义"。

8　逝川：逝去的流水。《论语·子罕》载："子在川上曰：'逝者如斯夫！不舍昼夜。'"

9　丘井：废墟枯井，比喻身心衰老。

和太常韦主簿五郎温汤寓目¹

汉主离宫接露台²，秦川一半夕阳开³。
青山尽是朱旗绕，碧涧翻从玉殿来⁴。
新丰树里行人度⁵，小苑城边猎骑回⁶。
闻道甘泉能献赋⁷，悬知独有子云才⁸。

此为和诗，却只以末二句点出，通篇写"温汤寓目"，绘景如画。

首句叙温泉所在，起势便浑厚，自与他作分别。"秦川一半夕阳开"，高远斩绝，既见秦川夕照之美丽，更见华清宫之高峻堂皇，无怪白居易对此念念不忘，"请君重唱夕阳开"（《听歌六绝句》）。后二联写寓目，从远到近，自边缘到中间，章法井然，错落有致，正是诗人画家本色。尾联用典，以扬雄喻韦主簿，愿其能献赋讽谏，寄托良深。

王夫之曾评其："题云温泉寓目，固有规讽，通篇皆含此旨，故首以汉主二字隐之，乃使浅人不测。"（《唐诗评选》）观末句，当有此意。

1　和，依照用他人诗词题材或体裁作诗。太常韦主簿：生平不详。太常主簿，唐时掌管印章簿书的官员。温汤：即温泉。

寓目：寄目，观看。

2　离宫：供帝王出巡时居住的宫室。汉主离宫，即华清宫，称"汉主"为借汉喻唐。露台：古时用来观察天文气象之地，又称灵台。

3　秦川：泛指今陕西、甘肃秦岭以北的关中平原一带。

4　玉殿：指华清宫。

5　新丰：见《少年行四首（其一）》注。

6　小苑：即芙蓉苑，因小于禁苑而得名。故址在曲江西南。

7　甘泉：汉宫殿名，故址在今陕西淳化甘泉山。西汉扬雄曾献《甘泉赋》，讽咏汉成帝游猎盛况。

8　悬知：料想，预知。子云：即扬雄，《从岐王过杨氏别业应教》注。

冬日游览

步出城东门，试骋千里目。
青山横苍林，赤日团平陆[1]。
渭北走邯郸[2]，关东出函谷[3]。
秦地万方会，来朝九州牧[4]。
鸡鸣咸阳中[5]，冠盖相追逐[6]。
丞相过列侯，群公饯光禄[7]。
相如方老病[8]，独归茂陵宿[9]。

———　冬日出城，诗人信步游赏。其随行所见，纷纷入诗，不加安排，便自然条畅。

　　首以古诗句"步出城东门"开篇，汉魏风骨陡然切入，振起全诗。青山苍林，红日平陆，接踵而至，构图清晰，色彩斑斓。"团"字妙，将夕阳西下的过程以静态形状勾勒而出，形象逼真。"渭北"二句写地理，"秦地"二句写地位，简笔勾画都城的重要与繁华。紧接二联，写官场的趋炎附势，不着一言议论，便结作翛然归去，诗人厌憎之心悄然而出。此诗平实道出，却波澜暗涌，古意十足，悲壮劲健，是为佳作。

———　1　团：圆。平陆：见《桃源行》注。

2   渭北：渭水北岸，借指长安（今陕西西安）一带。邯郸：即今河北邯郸。

3   关东：指函谷关以东地区。

4   九州牧：泛指诸州长官。

5   咸阳：秦时都城，这里借指唐都长安。

6   冠盖：古时官吏的帽子和车盖，后借指官吏。

7   饯：饯行，以酒食送行。光禄：指光禄卿，掌管邦国酒食。

8   相如：即司马相如，字长卿，西汉人。善辞赋，有《子虚赋》《上林赋》等。

9   茂陵：见《不遇咏》注。

奉和圣制从蓬莱向兴庆阁道中
留春雨中春望之作应制 [1]

渭水自萦秦塞曲[2]，黄山旧绕汉宫斜[3]。
銮舆迥出仙门柳[4]，阁道回看上苑花[5]。
云里帝城双凤阙[6]，雨中春树万人家。
为乘阳气行时令[7]，不是宸游重物华[8]。

———　唐玄宗出游作诗，命众臣和作，现仅存此诗及李憕同题。

此诗以"望"结构全篇，绘制一幅巨轴帝城春望图，风格秀整，气象高华。首二句写高空俯视，用山川形胜点明唐宫方位，"秦塞""汉宫"带有浓厚的历史感，雍容中见壮美。颔联写阁道中左顾右盼："迥出""回看"，出游之态可见一斑；"花""柳"点缀春景，逗出下联。第三联切题面"雨中春望"，状宫殿之宏伟，描万民之欢忻，以巍峨对清新，贴合帝王、百姓身份。尾联曲终奏雅，规劝回护，颇为得体，沈德潜便称："应制诗应以此篇为第一。"（《唐诗别裁集》）吴梅村《行围应制》"不向围中逢大雪，无因知道外边寒"，便与此诗尾联同意。

———　1　奉和圣制：与皇帝诗作应酬相和。蓬莱：即大明宫，又称"东内"，故址在今陕西西安东北。兴庆：即兴庆宫，又称"南内",故址在今陕西西安东南。阁道:即复道,楼阁间架空的通道。留春:留恋春景。应制:由皇帝下诏命而作文赋诗。

2　渭水:发源于今甘肃渭源鸟鼠山,流经甘肃天水、陕西宝鸡等地,汇入黄河。秦塞:秦地四面有山川之固,形势险要,故云。

3　黄山:即黄麓山,在今陕西兴平,汉时有黄山宫。

4　銮舆:皇帝的车驾。仙门:这里指宫门。

5　上苑:上林苑,秦汉宫苑名。这里泛指皇家园林。

6　凤阙:汉宫阙名,上铸有铜凤凰。这里代指唐都宫门两旁的阙。阙,宫门前的望楼。

7　阳气:春日阳和之气。时令:犹月令,古时按季节制定有关农事的政令。

8　宸(chén)游:帝王出游。宸,北极星所在之处,借指为帝王居所,后常代指帝王。物华:自然美景。

送友人归山歌二首（选一首）

其　二

山中人兮欲归，云冥冥兮雨霏霏[1]。
水惊波兮翠菅靡[2]，白鹭忽兮翻飞，
君不可兮褰衣[3]！
山万重兮一云，混天地兮不分。
树淹暖兮氛氲[4]，猿不见兮空闻。
忽山西兮夕阳，见东皋兮远村[5]。
平芜绿兮千里[6]，眇惆怅兮思君[7]。

————　　此诗仿楚辞用楚语，写离情别意，是骚之本色。朱熹将其收入《楚辞后语》，更名为《山中人》，亦可见其与《楚辞》渊源甚深。

　　首以送归始，末以思君终，情绪在黯然中悄然推进。前五句写别景，狂风暴雨，云水激荡。"君不可兮褰衣"冲口而出，神完气足，留君之意已浓。"山万重兮一云"后八句，写别后情景：云山惨淡，树悲猿啼，忽然惊觉，夕阳已经西下；平芜万里，芳草萋萋，友人归去，思君更添惆怅。"山中人"自归山中去，又以芳草萋萋王孙可留作结，透露出诗人对山中的向往与追求，在幽境别离外更牵出无限深意。

1　冥冥：形容昏暗不明的样子。霏霏：形容雨雪纷飞的样子。

2　翠筤（jiān）：青茅，又名香茅、苞茅，生于湖南及江淮间，其气芳香。靡：顺风倒下。

3　褰（qiān）衣：提起衣服。

4　晻暧（ǎn'ài）：形容昏暗的样子。氛氲（yūn）：形容云雾朦胧的样子。

5　东皋：指田野。

6　平芜：草木丛生的原野。

7　眇（miǎo）：极目远视。

送李太守赴上洛 [1]

商山包楚邓 [2]，积翠蔼沉沉。
驿路飞泉洒 [3]，关门落照深 [4]。
野花开古戍，行客响空林。
板屋春多雨 [5]，山城昼欲阴。
丹泉通虢略 [6]，白羽抵荆岑 [7]。
若见西山爽 [8]，应知黄绮心 [9]。

　　诗题送别，诗中却不见送别之意，直似行旅所见，老成醇雅。

　　首句高起，着三地名，便写出商山绵延千里之势，自是大家手笔。紧接四联一句一事，写景如画，动静结合，逐渐将视野推至上洛。以"西山"作结，呼应首句"商山"，回环整肃，章法井然。

　　此诗为五言排律，凡六韵十二句，总括十二地名，却书写流畅，不觉生涩。其重复用二"泉"字和三"山"字，此实为近体律诗大忌，常被人诟病。即便如此，此诗警句迭出，绘景如画，故瑕不掩瑜，仍堪称佳作。

1　李太守：生平不详。上洛：唐郡名，治所在今陕西商县。

2　商山：又名地肺山、楚山，在今陕西商县东南。楚邓：唐时邓州，治所在今河南邓县，春秋时属楚。

3　驿路：驿道，大道。

4　关：指蓝田关，在今陕西蓝田东南。一说指武关，在今陕西丹凤东南。

5　板屋：木板房，古时上洛民居多为林木所造，故称。

6　丹泉：即丹水，发源于今陕西商县冢岭山，流经陕西丹凤、商南一带，注入均水（今河南淅河）。虢（guó）略：春秋时期虢国领地，在今河南中西部和陕西中东部。

7　白羽：古地名，在今河南西峡境内。荆岑：即荆山，在今湖北南漳西。这里泛指古楚国境内的高山。

8　西山爽：用东晋王徽之语"西山朝来致有爽气"，见于《世说新语·简傲》。

9　黄绮：指秦末汉初夏黄公、绮里季，此二人与东园公、甪里先生同隐商山，合称"商山四皓"。

送韦评事 [1]

欲逐将军取右贤[2]，沙场走马向居延[3]。
遥知汉使萧关外[4]，愁见孤城落日边。

———

此诗诗题虽为"送"，却只从"行"字入手，对面着墨，巧妙绾合建功的豪情和思乡的悲情，深远雅正。

首二句巧妙化用汉将军事，写友人渴望建边的宏图远志，浑然无迹，意气风发。"遥知"二字一转，宕开诗意，代人设想，写友人在边关怀乡的愁苦。上下仿佛二截，描述了友人看似矛盾的心理，不留一笔给诗人，却无不见出诗人对他的欣赏和关心。"孤城落日边"，极言边关之遥远、之荒芜，堪入画图。与"长河落日圆"（《使至塞上》）同写边城落日，却别有一种苍凉悲壮、冷落萧条之感。

———

1 韦评事：生平不详。评事，掌管案件审核等的官员，属大理寺。

2 右贤：即右贤王，匈奴贵族的封号。汉武帝元朔五年（前124年），令车骑将军卫青率六将军十馀万兵击匈奴，围右贤王，获诸王十馀人，民万五千馀人。这里暗用其典。

3 居延：见《使至塞上》注。

4 汉使：这里指韦评事。萧关：见《使至塞上》。

送刘司直赴安西[1]

绝域阳关道[2]，胡烟与塞尘。
三春时有雁[3]，万里少行人。
苜蓿随天马[4]，蒲桃逐汉臣[5]。
当令外国惧，不敢觅和亲。

　　唐时吐蕃强盛，欲争安西，朝廷曾有文成公主、金城公主和亲之举。此诗尾联便因此事而起，通篇激励友人出使震慑西域，远扬国威。

　　上三联一气浑成，西域风物，鱼贯而入，不可移置，又雄浑之至。起笔便苍凉凄楚，格调极高，万里荒漠中只有阳关一道，烟尘满布，直欲令人即刻返程。第二联承上而下，写春光晚到，行人稀少，错落作对，愈见西域荒芜萧瑟。颈联西域之物凡三出，暗用汉时典故，逗出结篇。末二句是对和亲外交的一种反思，表达了自强震慑的边防观念，骨壮气足，令人拍案。

1　刘司直：生平不详。司直，唐时掌管巡察四方、复核案件的官员，属大理寺。安西：指唐时安西都护府，统领龟兹、焉耆、于阗、疏勒四镇，治所在今新疆库车。
2　绝域：极远之地。阳关：古关名，在玉门关之南。故址在今甘肃敦煌西南古董滩附近。

3　三春：农历正月为孟春，二月为仲春，三月为季春，合称三春。

4　苜蓿：牧草名，原产于西域。天马：骏马的美称，这里指大宛良马。

5　蒲桃：亦作蒲陶，即葡萄，原产于西域。《汉书·西域传》载，汉武帝时，贰师将军李广利征服大宛，大宛王每年献天马二匹，汉使又采蒲陶、苜蓿种归。

送平澹然判官[1]

不识阳关路[2]，新从定远侯[3]。
黄云断春色，画角起边愁[4]。
瀚海经年别[5]，交河出塞流[6]。
须令外国使，知饮月支头[7]。

———　此诗与《送刘司直赴安西》寄意大体相同，常被比较，姚
鼐便认为"此首气不逮'绝域'一首"（《今体诗钞》）。但其壮
怀磊落，意象脱俗，亦当以佳作观。

起从"不识""新"入手，切中友人新出关的身份，逗出后
二联，专写边塞艰苦，表达诗人担忧之情。"黄云断春色"句
尤为工稳凝练，苍茫绝俗。郎士元有"春色临关尽，黄云出塞
多"联（《送李将军赴定州》），盖化用此句。"断""起"二动
词，声色兼备，健劲有力，挺起全篇。尾联用典，勉励友人建
功。全篇气氛苍凉，音节铿锵，令人难忘。

———　1　平澹然：生平不详。判官：即节度判官，唐时掌管兵曹等事
的官员。

2　阳关：见《送刘司直赴安西》注。

3　定远侯：即东汉班超。汉明帝时，奉命出使西域，令西域

五十餘国全部归附,因功被封定远侯。

4　画角：有彩绘的号角。古时军中多用其振奋士气,整肃军容。

5　瀚海：见《燕支行》注。

6　交河：水名,源于天山,因流经交河城(故址在今新疆吐鲁番西北) 而得名。

7　月支：见《燕支行》注。

送元二使安西[1]

渭城朝雨裛轻尘[2]，客舍青青柳色新。
劝君更尽一杯酒，西出阳关无故人[3]。

———　此诗从格律论，是为折腰体，即第三句与第二句失黏。虽诗体折腰，却情真语切，感人至深。敖英便评其为："唐人别诗，此为绝唱。"（《唐诗绝句类选》）

此诗与王昌龄的《芙蓉楼送辛渐》和高适的《别董大》都不同，首二句不写阴雨绵绵，也不写黄云千里，只写古城春雨柳色新，一派明丽轻快。景中已暗含别情，"轻尘"暗含征尘，"柳色新"暗含折柳，皆为别离之事。后二句写别情，不写杯舩交错，不写别泪涟涟，只劈空劝酒，一气而下：一"劝"字，含无尽担心与别情；阳关已无故人，何况阳关以西的安西都护府，递进法更见凄凉。后二句盖脱胎于沈约《别范安成》的"莫言一杯酒，明日难重持"，但气度从容、风味隽永过之。

此诗一出，便广为传唱，"一时传诵不足，至为三叠歌之"（李东阳《怀麓堂诗话》）。宋人因其唱法，改称为《阳关曲》或《阳关三叠》。

———　1　元二：生平不详，排行第二，王维的朋友。安西：见《送刘司直赴安西》注。

2　渭城：秦时咸阳城，汉时改称渭城，在今陕西咸阳，渭水北岸。裛（yì）：同"浥（yì）"，沾湿。

3　阳关：见《送刘司直赴安西》注。

相　思

红豆生南国[1]，秋来发几枝。
劝君多采撷[2]，此物最相思。

或许因为红豆的凄美传说，古时常用红豆比喻相思。此诗紧扣"红豆"二字，绾合民间传说，直抒胸臆，托物寄情。诗人先言红豆生长之地，紧接着作一设问、一劝慰，以乐府民歌般的朴素自然，抒发了一种韵致缠绵的相思之情。郭元振有《子夜春歌》："青楼含日光，绿池起风色。赠子同心花，殷勤此何极。"与此诗命意接近，蕴涵着对天下有情之人的祝福。

相思之情不仅为爱情，亦包括亲情、友情、乡情，以及故国之思。据载，安史之乱后，流落湘中的李龟年曾在一次宴会上唱起此诗，座中无不唏嘘感慨(范摅《云溪友议》)。

1　红豆：又名相思子，生于岭南，其籽上端红色，下端黑色。传说一位女子因丈夫死在边地，哭于树下而死，化为红豆，于是人们便称红豆为相思子。南国：泛指南方。
2　采撷(xié)：采摘。

失　题[1]

清风明月苦相思，荡子从戎十载馀[2]。
征人去日殷勤嘱[3]，归雁来时数寄书[4]。

——　一往情深，十载离别，留下无尽伤痛。诗人却不铺张相思与哀怨，只叙别离和往事。"清风明月"，一派晴明，却"良辰美景奈何天，赏心悦事谁家院"（汤显祖《牡丹亭》），与"我"无关，反倒更牵出一段别情。第二句点出别离，"一日不见，如三秋兮"（《诗经·王风·采葛》），何况十年？后二句不续写别情，用逆挽法，追忆往事。一句临别时的叮嘱，虽无怨言，但幽怨已内蕴其中，似有无尽的思念、担心、焦虑与煎熬，话到嘴边却未吐出。含而不露的、有节制的抒情，反而让此诗亲和蕴藉，耐人寻味。

——　1　失题：一名《伊州歌》。伊州，唐时州名，治所在今河南汝州。
2　荡子：指辞别家乡、羁旅不归的人。
3　征人：远行的人，即"荡子"。
4　数：多次。

辋川集并序[1]（选十二首）

余别业在辋川山谷[2]，其游止有孟城坳、华子冈、文杏馆、斤竹岭、鹿柴、木兰柴、茱萸沜、宫槐陌、临湖亭、南垞、欹湖、柳浪、栾家濑、金屑泉、白石滩、北垞、竹里馆、辛夷坞、漆园、椒园等[3]，与裴迪闲暇各赋绝句云尔[4]。

其一　孟城坳[5]

新家孟城口，古木馀衰柳。
来者复为谁[6]？空悲昔人有[7]。

孟城旧地，古木萧森；虽为新宅，仅馀衰柳。十字之间，新旧古今几番交错，一种历史兴衰之感油然而生。"来者""昔人"又作一组对比，视角转向自身，刻画出"后之视今，亦犹今之视昔"（王羲之《兰亭集序》）之悲。

诗人没有像张若虚"人生代代无穷已，江月年年只相似"（《春江花月夜》）那样观照宇宙，也并未像白居易"开元一株柳，长庆二年春"（《勤政楼西老柳》）那样执着悲情，而以"空悲"作结，写出一种带有哲学意味的、徒然无奈的情绪。此诗虽仅有四句二十字，但"四句中无限曲折，含蓄不尽"（李瑛

《诗法简易录》),的为佳篇。

其二　华子冈 [8]

飞鸟去不穷，连山复秋色[9]。
上下华子冈，惆怅情何极[10]！

——

登高而望，常有"念天地之悠悠，独怆然而涕下"（陈子昂《登幽州台歌》)之叹。王维上下华子冈，亦有无尽惆怅。

首二句写景，鸟儿高飞直至无穷，秋色随山起伏不知所终，一横一纵，将空间无限扩大。空间的无极总会令人看到自身的渺小，所谓"寄蜉蝣于天地，渺沧海之一粟"（苏轼《前赤壁赋》)，这或许是王维惆怅之一端。"上下"承前而转，由景入情。以"何极"作结，情景高度融合，仿佛可以想见那无穷无尽的空间中装满了诗人的惆怅。"上下"与"惆怅"相应，情感带有强烈的流动性和弥漫性。诗人并不言惆怅为何，或是个人得失、或是历史兴衰、或是国家兴废，更或是宇宙哲理，惹出读者无限思绪。

其三　文杏馆 [11]

文杏裁为梁，香茅结为宇[12]。
不知栋里云，去作人间雨。

——　　此诗写馆舍,却不一味追求形似,而是极写其高渺神秘,笔意绝俗。首二句正对破题,单拈"文杏""香茅",便勾勒馆舍之高贵精美。第三句转写想象:栋梁间萦绕的白云,化作甘霖,滋润人间。"不知"二字,欲扬先抑,懵懂有味。"栋里云"和"人间雨"相互对照,既写出文杏馆的孤高飘渺,又"我手写我心",道出诗人虽有凌空高蹈之志,却心系天下万民,不愿轻易出世。

全诗构思巧妙,格调高远,更能见出诗人性灵。

其五　鹿柴 [13]

空山不见人,但闻人语响 [14]。
返景入深林 [15],复照青苔上。

——　　空山静寂,万物无声。"但闻"一转,热闹自来。热闹未尽,却见斜阳返照进深邃的森林。"复照"又一转,一抹斜晖照在了青苔上,又灿烂起来。虽只有四句二十字,却几经婉转,令人应接不暇。

"空"为全篇之领,诗人反从"人语响"之声、"返景照"之色写去,一点喧嚣和亮丽反衬出空寂幽渺之境,与"蝉噪林逾静,鸟鸣山更幽"(王籍《入若耶溪》)的意境有异曲同工之妙。诗以景结,夕阳之红和青苔之绿,无言静默却画意无穷。

空山人语、深林返景，皆为瞬息即逝之景，有如幻觉，故有论者以为，此诗反映了"凡所有相，皆是虚妄"（《金刚经》）的佛家理念。

其六　木兰柴[16]

秋山敛馀照[17]，飞鸟逐前侣。
彩翠时分明[18]，夕岚无处所。

瞬息明灭的惝恍迷离之感，最难描画。"夕阳黯晴碧，山翠互明灭"（宋之问《见南山夕阳召监师不至》）差可近矣，却缺少可感性。此诗则"状难写之景如在目前"（欧阳修《六一诗话》引梅尧臣语），着意刻画夕阳西下时瞬间变化的飘忽之景：馀晖反照，飞鸟归还、秋山绚烂、山气飘荡，色彩斑斓，变化莫测，宛如一幅秋暮图，令人涵咏不尽。

顾可久赞其"一时景色逼人，造化尽在笔端"（《唐王右丞诗集注说》）。诗以"夕岚无处所"作结，一种缥缈虚无之感骤然而出，不觉让人深思宇宙与人生，富含理趣。

其十　南垞[19]

轻舟南垞去，北垞淼难即[20]。

隔浦望人家²¹，遥遥不相识。

——

诗题"南垞"，诗却从对面着笔，以民歌似的语调写北眺
之景，反衬南垞之幽美。首二句写水乡舟行，隔水望去，北垞
渺不可及。后二句从景写到人，河岸上三三两两的人家，虽不
相识，却透出闲适逍遥的气息，令人遥想。那么北垞到底怎样
呢？"北垞湖水北，杂树映朱栏。逶迤南川水，明灭青林端。"
（《北垞》）杂树朱栏，水绕青林，果真一派清流胜景。《北垞》恰
如《南垞》之馀，互相映照，可见辋川灵动之美，兴味悠长。

其十一　欹湖²²

吹箫凌极浦²³，日暮送夫君。
湖上一回首，山青卷白云。

——

运骚体入绝句，绝句便有凄清浪漫的幽怨美。此诗首二
句化用《楚辞·九歌·湘君》"望夫君兮未来，吹参差兮谁
思"，想象出女子暮送夫君的情景。"凌"字妙，箫声呜咽，吹
送万里，婉转哀怨。第三句一顿写夫君"回首"，"转眄流精"
（曹植《洛神赋》）之际，影像顿消，眼前唯留白云舒卷，青山
寂寂。末句不言"白云卷青山"，也不言"青山卷白云"，偏言
"山青卷白云"，错落组合，别有一种生峭之美。

诗题"欹湖",诗人却写久望湖水生出的、极富情节的幻象,寄寓许多别情,却又戛然而止,回笔写眼前景,迷离恍惚,神奇瑰丽。欹湖的清幽神秘之美,于其中可见一斑。

其十三　栾家濑[24]

飒飒秋雨中[25],浅浅石溜泻[26]。
跳波自相溅,白鹭惊复下。

绵绵秋雨,长濑湍流。"飒飒""浅浅"二叠字,声色兼备,雨丝之绵密、雨声之浓密、水流之湍急、水声之叮咚,全盘托出,如在目前,如在耳边。又拈一"泻"字,自然逗出第三句的水波激荡,可谓湍流急转而下的传神写照。后二句着重刻画了虚惊一场的误会:水珠溅起,跳荡急行;静立水中的白鹭受到惊吓,警觉地飞起;瞬间又惊觉,周围并无危险,重新飞回,静立水中。"跳""溅""惊""下"一连串分解动作,让安宁祥和的栾家濑充满了勃勃生机。"自"字点睛,水波自然跳荡,白鹭自起自落,万物自给自足,这或许便是诗人所理解的世界本来的样子。

其十五　白石滩[27]

清浅白石滩,绿蒲向堪把[28]。

家住水东西，浣纱明月下²⁹。

———

　　滩头对月，石白水清；绿蒲满把，水流叮咚。这或许看似平淡，却暗合诗人幽静安宁的心境。

　　“清浅”见出滩头水流清洌，所以能看到“白石”，一股清凉之意涌上笔端。“白石”与“绿蒲”相对，色彩素雅明亮，且一横一纵的构图设计，也增加了此诗的画面感。如果说前两句写“静物”，那么后两句就写“动人”，住在白石滩附近的浣纱少女们在明月下漂洗衣服。

　　此诗将水、石、蒲与浣纱女互相映照，一片柔和明净中充满了青春的气息。以“浣纱明月”作结，月光一片皎洁，清素若此，可以想见诗人本心。

其十七　竹里馆³⁰

独坐幽篁里³¹，弹琴复长啸³²。
深林人不知，明月来相照。

———

　　此诗四句二十字，没有华词丽藻，一径平白如话。结构看似从容，却又一句紧接一句，几经转折，将诗人静谧清幽的心境和宁静深邃的景物融合无间，声色兼备，动静皆宜。

　　首句一片孤独沉静，次句便琴声大奏、长啸入耳，热闹非凡。第三句转入"深林""人不知",重回沉寂,末句再翻出明月相照,仿佛皎洁中带出善解人意的气息,仿佛竹林明月与诗人心领神会,总归温情脉脉。

这或许便是钱锺书所说的"澄而不浅,空而生明"(《谈艺录》)的境界,读来只觉爽气袭人、烦恼顿消。

其十八　辛夷坞[33]

木末芙蓉花[34],山中发红萼[35]。
涧户寂无人[36],纷纷开且落。

"空山无人,水流花开。"(苏轼《十八大阿罗汉颂》)"天地不仁,以万物为刍狗"(《道德经》),却不妨碍"芝兰生于深林,不以无人而不芳"(《孔子家语》)。万物总是保持一种自给自足的状态,表现出生生不息的蓬勃生机。辛夷花在寂静中花开花落,没有悲伤也没有喜悦,只有一种静穆的淡然。它淡然却不寡淡,"红萼"极灿烂,"纷纷"又极热闹。论者多解此诗为一种"无我"的禅悟,一种"空寂"的禅境,邢昉则说:"此诗每为禅宗所引,反令减价,只就本色观,自是绝顶"(《唐风定》),颇有意味。全诗不可句摘,在一静一动再一静一动的描述中,如话家常,如绘简笔,平淡闲雅而又理趣盎然。

其十九　漆园 [37]

古人非傲吏 [38]，自阙经世务 [39]。
偶寄一微官，婆娑数株树 [40]。

据《史记·老庄申韩列传》载，庄周为漆园吏，楚威王遣使来，欲迎他为相，庄周反而笑着对使者说："子亟去，无污我！"这是庄周笑傲王侯的典故。王维据此塑造了一个亦官亦隐、无可无不可的萧散形象。这形象既是古人庄周，也是诗人自身追求的写照。全篇起落自然，别有章法。"偶寄"二字透露了一种姑且为之的无奈情绪，"婆娑"二字双解，使得此诗衍生出另一种解释：诗人现实不遇，自我解嘲缺少经世之才，便姑且这样平凡而凄凉地生活吧，满是失败的伤感。

1　辋川：又名辋谷水，在今陕西蓝田终南山下辋谷内。辋谷是一条长十五公里的峡谷，辋川水流贯其间。此处原有宋之问别墅，后归王维。

2　别业：见《从岐王过杨氏别业应教》注。

3　孟城坳等：为辋川山谷二十种胜景。沜（pàn），水涯、岸边。宫槐，即守宫槐，槐树的一种。

4　裴迪：见《春日与裴迪过新昌里访吕逸人不遇》注。

5　孟城坳（ào）：古城名，史载南朝宋武帝在此筑思乡城。有学者考证,其旧址在今陕西晋中官上村。坳,山间平地。

6 来者:后来的人。

7 空:徒然。昔人:过去的人。

8 华子冈:辋川的一座山冈。

9 复:又。

10 极:极限,尽头。

11 文杏:一种珍贵的杏树。文杏馆即辋川胜景之一。

12 香茅:见《送友人归山歌二首(其二)》注。宇:屋檐。

13 鹿柴(zhài):辋川胜景之一。柴,同"寨",栅栏、篱障。

14 但:只。

15 返景:夕阳的返光。景,本义为日光。

16 木兰柴:辋川胜景之一。木兰,一种落叶乔木,花内白外紫。

17 馀照:夕阳,落日馀晖。

18 彩翠:形容落日馀晖映照下木兰柴的绚丽景色。

19 南垞(chá):辋川胜景之一,在欹湖南岸。垞,小丘。

20 淼:形容水大的样子。即:靠近。

21 浦:见《汉江临眺》注。

22 欹(qī)湖:辋川胜景之一,盖因湖底不平而得名。欹,倾斜。

23 凌:越过,渡过。极浦:见《登河北城楼作》注。

24　栾家濑（lài）：辋川胜景之一。濑，激流，从沙石上流过的急水。

25　飒飒：象声词，形容风雨之声。

26　浅浅（jiānjiān）：形容水流迅疾的样子。石溜：亦作"石留"，石间流水。

27　白石滩：辋川胜景之一。

28　蒲：见《鸬鹚堰》注。向：将近，几乎。把：满把握住。

29　浣纱：见《洛阳女儿行》注。

30　竹里馆：辋川胜景之一，盖因房屋周围有竹林而得名。

31　幽篁（huáng）：幽深的竹林。

32　啸（xiào）：嘬口作声，类似打口哨。

33　辛夷坞：辋川胜景之一。辛夷，又名木笔、紫白玉兰、应春花。其初春开花，花苞尖如笔椎，花有紫白二色，大如莲花。坞，四面高中间低的地方。坞，花木深处。

34　木末：树梢。芙蓉花：莲花，这里指花开似莲的辛夷花。

35　萼（è）：花萼，这里代指花苞。

36　涧户：山涧中的居室。

37　漆园：古地名，旧址在今安徽蒙城，战国时庄周在此为吏。一说旧址在今山东曹县。这里是指辋川胜景之一。

38　傲吏：不为礼法所屈的官吏。东晋郭璞《游仙诗》有"漆园有傲吏，莱氏有逸妻"，这里反用其意。

39　阙（quē）：缺少。经世：治理国事。

40　婆娑（pósuō）：形容逍遥自得的样子。一说形容枝叶衰败的样子。

辋川闲居赠裴秀才迪 [1]

寒山转苍翠，秋水日潺湲 [2]。
倚杖柴门外，临风听暮蝉。
渡头馀落日 [3]，墟里上孤烟 [4]。
复值接舆醉 [5]，狂歌五柳前 [6]。

———　孤独寂寞并不一定让人枯槁，当你懂得欣赏和享受时，常会发现其中别样的景致。

此诗围绕"闲居赠"意，结构全篇，兴象唯美，清旷绝俗。前六句铺叙隐居瞭望之景，清净中有着淡淡的幽独感，为"赠"友作意。首联"转""日"二字，白描了一幅具有流动感的时空画面，可以想见诗人时时遥望之态。颔联便由景及人，诗人悠然站立，静听暮蝉，流露出一种苏世独立的情怀。"渡头馀落日，墟里上孤烟"，例被传诵，尤其"馀""上"两个动词，"落日""孤烟"一圆形一直线，简洁精准地刻画出夕阳慢慢下落、炊烟渐渐升起的一幕，无怪曹雪芹借香菱之口称赞道："这'馀'字和'上'字，难为他怎么想来！"（《红楼梦》第四十八回）尾联以接舆、陶渊明事写裴迪酒醉狂歌而来，将"赠"意写足，而友人随意自肆之态足见二人友谊的真挚。

1　辋川：见《辋川集》注。裴秀才迪：见《春日与裴迪过新昌里访吕逸人不遇》注。

2　潺湲（chányuán）：水流缓慢的样子。

3　渡头：渡口。

4　墟里：村落。

5　接舆：见《偶然作六首（其一）》注。这里喻指裴迪。

6　五柳：见《老将行》注。

登裴秀才迪小台 [1]

端居不出户[2]，满目望云山。
落日鸟边下，秋原人外闲[3]。
遥知远林际，不见此檐间。
好客多乘月，应门莫上关[4]。

———

　　登临小台，却一味着笔远望，这是此诗高妙之处。开篇一"望"，回想平素所见即可总揽云山，似拙实好，其格调之高于此可见一斑。次联写所望实地实景，颈联遥想林外回望，终以馀兴未尽、相邀再望作结，韵味悠长。虽都写望意，却各有手笔，不落俗套：本是日边鸟下，原外人闲，却倒过来说日落鸟边、原闲人外，新奇巧妙；本是登台望远林，却用"倩女离魂法"（焦袁熹《此木轩唐五言律七言律读本》），转写远林望小台，"不见"说尽小台树木环抱、远离人世之感，一派清幽。尾联绾合主客情谊，趣味盎然。"从今若许闲乘月，拄杖无时夜叩门"（陆游《游山西村》），盖化用此联。

———

1　裴秀才迪：裴迪，见《春日与裴迪过新昌里访吕逸人不遇》注。

2　端居：平常居住，平时。

3　人外：世外。

4　应门：照管门户，指应接叩门之意。关：门闩。

酌酒与裴迪[1]

酌酒与君君自宽[2]，人情翻覆似波澜。
白首相知犹按剑[3]，朱门先达笑弹冠[4]。
草色全经细雨湿，花枝欲动春风寒。
世事浮云何足问[5]？不如高卧且加餐。

此诗盖为裴迪干请不遂，王维酌酒劝慰所作，故其一副酒后交谈的口吻，恳切周详，无微不至。

首联破题，直言对人情翻覆的愤懑，与杜甫"翻手为云覆手雨，纷纷轻薄何须数"（《贫交行》）命意相同。颔联将人情淡薄具体化，拈出老友决裂、同僚相轻两个典型，自有一股兀傲愤激之气。颈联即景托喻，与第七句"世事浮云"相互映带，暗用比兴，将不得其平的草木与浮云变幻的世事对接，更见出诗人对现实人生的义愤填膺。"何足问"三字，郁愤极点便归于平静，自然逗出末句的劝勉，达观雍容，悠然纡徐。

1　裴迪：见《春日与裴迪过新昌里访吕逸人不遇》注。

2　自宽：自我宽解。

3　按剑：手抚剑把，指发怒时准备拔剑争斗的动作。

4　朱门：红门，指古时达官贵人住所。先达：先行显达之人。

弹冠：弹去冠尘，指出仕为官。

5　浮云：比喻世事无常，变幻莫定。

临高台送黎拾遗[1]

相送临高台，川原杳何极[2]！
日暮飞鸟还，行人去不息。

　　此诗全写登临，只在首句点缀送别，别情浓郁却含而不露。次句写川原渺远无边，便可想见征途遥远艰险。后二句则将"日暮飞鸟"与"行人"简单对举，日暮飞鸟归还，行人却在道路上马不停蹄地奔走，不加任何议论，却隐约有种行人不如归鸟之感，其离别情绪缠绻而出。

　　《临高台》是乐府古题，诗人却借用于五绝创作，将汉乐府的意韵和手法融入其中，形成自然古淡、沉着朴质的风格，这或许是其有意为之的结果。有人认为此诗全据王粲《登楼赋》敷衍，即"登兹楼以四望兮"，"平原远而极目兮"，"白日忽其将匿"，"征夫行而未息"（日·碕允明《笺注唐诗选》），可备一说。

1　临高台：乐府古题，属汉铙歌歌辞，多写临望伤情之感。黎拾遗：黎昕，时任右拾遗。右拾遗，掌供奉讽谏的官员，属中书省。
2　杳：渺远深广。

辋川闲居 [1]

一从归白社[2]，不复到青门[3]。
时倚檐前树，远看原上村。
青菰临水映[4]，白鸟向山翻。
寂寞於陵子[5]，桔槔方灌园[6]。

　　闲居自适，空寂幽静，这便是王维所追求的境界。此诗尾联见意，拈出"寂寞"二字，表白他那寂寞而不孤独空虚的内心。首联流水对，"归"悠闲古淡，暗含隐居不仕的决心。紧接二联，一写事一写景。三四句写事则无景中有景，"檐前树""原上村"蕴无限不说出之景，朴实自然，真有陶潜风范。五六直写景，"向山翻"颇得意趣。"青""白"二字凡两用，此为实写，首联"白""青"则为虚应，重复却不碍诗意流淌。换个角度看，"青""白"或许是色彩的强化，突出诗人疏淡清高的气节。这所有六句的闲适，都为逼出尾联的"寂寞"，"灌园"则是追加和具化，章法自然高妙。

1　辋川：见《辋川集》注。
2　白社：洛阳里名，故址在今河南洛阳东。西晋道士董京曾在此居住，后用指隐士居住之地。这里代指辋川别墅。

3　青门：汉时长安城东面三门中最南的门，色青。后泛指京城东门。

4　青菰（gū）：即茭白，生于河边、沼泽地，可作蔬菜。其籽实可作米，被称为雕胡米。

5　於（yū）陵子：即陈仲子，战国时齐国人。其兄为卿，取禄万钟，陈仲子以为不义，便往居於陵。后为逃开楚王邀聘，离开於陵，为人灌园。这里用来自喻。於陵，在今山东邹平东南。

6　桔槔（jiégāo）：又作"桔皋"，井上汲水的工具。灌园：灌溉园圃，后指退隐家居。

积雨辋川庄作 [1]

积雨空林烟火迟，蒸藜炊黍饷东菑 [2]。
漠漠水田飞白鹭 [3]，阴阴夏木啭黄鹂 [4]。
山中习静观朝槿 [5]，松下清斋折露葵 [6]。
野老与人争席罢 [7]，海鸥何事更相疑 [8]。

恬淡孤寂，禅悟良深，差可形容诗人此时心境。全诗一截为二：前四句写景，后四句写人。首句点题，切"积雨""辋川庄"，一"迟"字写出阴雨天炊烟缓慢升起之态，有如戏剧缓缓升起幕布。诗人由炊烟写到农家，而后掠过农家写到田间之景。田间不热闹，只是一派闲静。

"漠漠""阴阴"二叠字，形象地刻画了积雨后水田愈见广漠、树叶愈见浓密之景，迷蒙幽深，极佳。此联牵出一桩公案，唐人李肇以为此联袭用李嘉祐句"水田飞白鹭，夏木啭黄鹂"（《唐国史补》）。其实，正如沈德潜所说："本句之妙，全在'漠漠''阴阴'，去上二字，乃死句也，况王在李前，安得云王袭李耶？"（《唐诗别裁集》卷十三）

颈联亦佳，由人间闲适写及自己的静坐参禅，转为幽寂，却不寡淡：禅意稀释在朝开夕落的木槿花中，稀释在轻折露葵中，稀释在毫无机心、随意率性的举止中。

1　积雨：久雨。辋川庄：见《辋川集》注。

2　藜（lí）：又名灰灰菜，嫩叶可食。黍（shǔ）：即黄米，煮熟后有黏性，古时北方主要粮食之一。饷（xiǎng）：给田间劳作的人们送饭。菑（zī）：古时开垦一年的田地称为菑，二年称为新田，三年称为畬（yú）。这里泛指农田。

3　漠漠：形容广阔无际的样子。

4　阴阴：形容树叶浓密的样子。

5　习静：指习养静寂的心性。朝槿（jǐn）：即木槿，其花朝开夕谢。

6　清斋：素食。露葵：见《偶然作六百》（其二）。

7　野老：田间老者，这里为作者自谓。争席：争夺席位。据《庄子·寓言》载，杨朱问学老子之前，旅舍的人毕恭毕敬，给他让座。学成而归，与旅舍的人亲近无间，甚至不拘礼节地争起座位来。这里用指诗人与村民之间亲密的关系。

8　海鸥：又称鸥鸟。据《列子·黄帝》载，古时有一个喜好鸥鸟的人，每到海上，总有鸥鸟飞下与他亲近。父亲要他捉几只回来，但等他再到海上，鸥鸟飞舞不下，仿佛猜到他的心思。这里用来形容自己绝无机心欲望。

归辋川作 [1]

谷口疏钟动[2]，渔樵稍欲稀。
悠然远山暮，独向白云归。
菱蔓弱难定[3]，杨花轻易飞。
东皋春草色[4]，惆怅掩柴扉。

　　诗人以"归"字结构全篇，既写实际的回归，更写出一种精神上的回归。首二句写归途，到了辋谷，钟声疏远，渔樵渐稀。三四句承上而下，悠然远山，我却独行，一种傲然孤独之感悄然而出。五六句描摹物态，写辋川水菱蔓柔弱无定，辋川山杨花轻飘飞舞。诗人笔下万物各得其所，却又仿佛透露出人生幻灭的结局。末二句写春草无限，轻掩柴扉，回扣"归"字。

　　全篇浑朴自然，含而不露，似拟陶渊明《归去来兮辞》之意，先言归途、归事，然后写领悟，结作"聊乘化以归尽，乐夫天命复奚疑"。

1　辋川：见《辋川集》注。
2　谷口：即辋谷口。

3　菱蔓：菱细长的蔓茎。菱，生在水中，花白色，果实硬壳有

角，可供食用。

4　东皋：指田野。

春中田园作

屋上春鸠鸣，村边杏花白。
持斧伐远扬[1]，荷锄觇泉脉[2]。
归燕识故巢，旧人看新历。
临觞忽不御[3]，惆怅远行客。

———

　　春天可以"姹紫嫣红开遍"（汤显祖《牡丹亭》）般的秾丽，也可以鸠鸣花白燕归来般的明秀。王维将春中美景随手拈来，清清爽爽，整而不板。

　　首二句写春景，斑鸠和杏花带出了春天的气息，一声一色，婉转明快。三四句写农人，伐桑理水，透出田园生活的质朴和天真。五六句合写，燕子归来，旧屋主人则牵挂起远方的行人。"归燕识故巢，旧人看新历"，妙，绾合有度，深情款款。末二句化用"嗟我怀人，寘彼周行"（《诗经·周南·卷耳》），括尽春景，另开局面，高古冲淡，自然条畅。

———

1　远扬：桑树扬起的长枝，语出《诗经·豳风·七月》。

2　觇（chān）：暗自察看。泉脉：地下伏流的水源。

3　御：饮用。

山居即事[1]

寂寞掩柴扉，苍茫对落晖。
鹤巢松树遍[2]，人访荜门稀[3]。
嫩竹含新粉，红莲落故衣。
渡头灯火起，处处采菱归[4]。

———

　　"寂寞"二字切中诗人内心，后七句自此生出，写出眼前景，咏尽心中情，澄澈精工，清远古淡。首句写"掩柴扉"眼界内收，次句便言"对落晖"视野又放开，叙事几经婉转，情景几多转换。其上二联写诗人自身寂寞：松鹤为伴，静看鹤巢遍布老松，反衬访客稀少，见出诗人许多静寂。下二联写外界热闹：嫩竹上满是新生出的白色粉霜，红莲花瓣悄然飘落，渡头采菱人喧闹归来。这熙熙攘攘的世间，这生生不息、循环往复的世界，反衬出柴扉内诗人的"寂寞"，回扣主题，秩序井然。

———

1　即事：以当前事物为题材的诗。

2　巢：筑巢。遍：到处都是。

3　荜(bì)门：用荆条或竹子编织的门，常借指房屋简陋破旧。

4　菱：见《归辋川作》注。

山居秋暝 [1]

空山新雨后，天气晚来秋。
明月松间照，清泉石上流。
竹喧归浣女[2]，莲动下渔舟。
随意春芳歇[3]，王孙自可留[4]。

秋高气爽，雨过天晴，一股高洁朗净的气息流注笔端。"空"为诗眼，但"空"绝非空无一人，而是心境的澄明静寂。一幅秋晚雨霁图，一份空寂清净心，此心即此景，此景即此心。

中二联仰观俯察，构图如画：一写远景之物，一写近景之人，一实笔一虚笔，一着冷色一着暖色。正所谓字字珠玑，各司所职，又情景交融：颔联写景一静一动，互相映衬，"照""流"寥寥几笔勾勒出清新脱俗的境界；颈联写人则着意林间归来嬉笑的洗衣女，和水中驶回满载的钓鱼船，"竹喧""莲动"是景，"归浣女""下渔舟"是事，景事又相生，好不热闹。人的热闹与景的静谧相得益彰，只四个晚归片段便涵盖无尽山中妙处。

全篇以赋法铺排，却兴象玲珑，气韵生动，堪称"诗中有画"（苏轼《书摩诘〈蓝田烟雨图〉》）的代表作品。

1　暝：天色昏暗，引申为黄昏、日落。

2　浣女：洗衣服的女子。

3　随意：任凭，听凭。歇：消歇，凋零。

4　王孙：贵族子弟，亦泛指隐居的人。《楚辞·招隐士》："王孙游兮不归，春草生兮萋萋……王孙兮归来，山中兮不可久留。"这里反用其意。

田园乐七首（选四首）

其　三

采菱渡头风急[1]，策杖村西日斜[2]。
杏树坛边渔父[3]，桃花源里人家[4]。

　　《田园乐七首》，皆为六言短诗，"第三首景之胜，第四首俗之朴，第五首地之幽，第六首身之闲，第七首供之淡，极尽田园之乐"（黄生《唐诗摘钞》），首首如画。

　　此诗记幽情胜景，一派祥和悠闲。上二句写景，下二句写人，又一三句交错写水边，二四句交错写村间。"采菱"者为女子，贴一"风急"，状女子之妖娆；"策杖"者为野老，贴一"日斜"，见野老之安详。"杏树坛""桃花源"用二典，喻指此中农人皆非俗人。短短四句，两组对仗，已然塑造了一种世间净土、世外桃源的风光。

其　四

萋萋芳草春绿[5]，落落长松夏寒[6]。
牛羊自归村巷，童稚不识衣冠[7]。

——　春草绿，夏松寒，牛羊自由来去，不急迫不纡徐，如同"纷纷开且落"的辛夷花（《辛夷坞》）那样自足自在、静穆安然。最可贵的是处身其间的人们，也萧然世外，不汲汲功名利禄。前二句绘景色之脱俗，后二句写人物之质朴。"萋萋"或有化用"王孙游兮不归，春草生兮萋萋"（《楚辞·招隐士》）招隐之意；"落落"则可见长松高大挺出之态，自有一种苏世独立之感。末句好，不直言田园民风淳朴，只拈出"童稚不识衣冠"这一典型，便可窥得此间风物。

其　五

山下孤烟远村，天边独树高原。
一瓢颜回陋巷[8]，五柳先生对门[9]。

——　寥寥几笔，诗人便可绘出一幅山村远景图，这是王维的独到之处。

此诗前二句，用笔似画：视角转换，一俯一仰；构图考究，一纵一横。"孤""独"透露出诗人高傲的内心，"远村""高原"可见诗人宽阔的胸怀，读之仿佛步入无边旷野，豁然开朗。董其昌在《画禅室随笔》称："（此二句）非右丞工于画道，不能得此语。"后二句由景及人，景如此幽静高远，人也必然是高士贤者。

诗人以情景交融的笔调,表现了田园的深幽、清高、安闲与浑朴,不禁令人魂牵梦绕。

其　六

桃红复含宿雨[10],柳绿更带春烟[11]。
花落家僮未扫[12],莺啼山客犹眠[13]。

夜雨春晨,桃花愈发鲜艳欲滴,柳烟愈发翠色欲流。红花轻坠,娇莺啼鸣,却未惊扰山客酣眠。此诗一句一景,又景景勾连,浑然一片。"红""绿"两种纯色相对而出,设墨亮丽清澈,鲜艳夺目。每读一句,仿佛都可见到春日田园的一种胜景,而诗人正在此中闲适静观。

全篇六言四句,两组工对,音调和谐,虽平仄偶有不整,但后世仍奉此为六言律法佳作。顾随曾将其改为五言:"桃红含宿雨,柳绿带朝烟。花落家童扫,鸟鸣山客眠。"(《驼庵诗话》)认为五言比六言要好。其实六言诗句还是别有一种风情的,读来常有悠然闲远、清丽可喜之感。

1　菱:见《归辋川作》注。

2　策杖:拄着拐杖。

3　杏树坛:即杏坛。相传孔子授业讲学之所,后泛指授徒讲学之所。一说指道家修炼之所,相传三国时期吴国董奉在杏林修炼成仙。

4 桃花源:即晋时陶渊明《桃花源记》所记之处,后借指隐居之所。

5 萋萋:形容草木茂盛的样子。

6 落落:形容松树高大的样子。

7 衣冠:古时士以上戴冠,后来借指官员。

8 颜回:即颜渊,春秋时期鲁国人,孔子弟子。《论语》称其"一箪食,一瓢饮,在陋巷,人不堪其忧,回也不改其乐"。

9 五柳先生:见《老将行》注。

10 宿雨:夜雨,经夜的雨水。

11 春烟:指春天的云烟岚气。一作"朝烟"。

12 家僮:家中小仆人。一作"家童"。

13 莺啼:一作"鸟啼"。山客:山居之客,隐士。

酬虞部苏员外过蓝田
别业不见留之作¹

贫居依谷口²，乔木带荒村³。
石路枉回驾⁴，山家谁候门⁵？
渔舟胶冻浦，猎火绕寒原⁶。
惟有白云外，疏钟间夜猿。

此诗首二联切题而入，遥想苏员外前往蓝田别业所见及不遇而返。以"贫居"始，以"山家"作小结，中衬"乔木""荒村""石路"，一片荒凉幽寂中透露出访客的失落与诗人的自责。

后二联宕开诗题，写起别业冬景：渔舟冻浦，猎火寒原，白云荒谷，疏钟夜猿。"胶"字妙，精准地描述渔舟被冻结的状态，黏着坚硬的冰面满是寒意，扑面而来。"绕"字亦妙，表动作又意味出一种形状，既写出猎火依次燃起的动态美，又结构出一幅静态的画面。"疏钟""夜猿"交相辉映，又与"荒村""贫居"相互映照，更见凄凉苍莽。

下四句似与主题并不相干，实际上却以冬景苍凉衬托未能与友人相遇的怅惘，含蓄蕴藉，妙在言外。

1　虞部苏员外：生平不详。虞部，唐时掌管京城街巷种植、山泽苑囿以及草木薪炭的官署，属工部，设员外郎一人。蓝田别业：即辋川别业，因其在蓝田辋谷而有此称。

2　谷口：指辋谷口。

3　乔木：高大的树木。带：映带，环绕。

4　回驾：车驾回行，这里指苏员外访王维不遇而返。

5　山家：诗人自称。

6　猎火：指为驱赶野兽燃起的山火。

蓝田山石门精舍[1]

落日山水好，漾舟信归风[2]。
玩奇不觉远，因以缘源穷[3]。
遥爱云木秀，初疑路不同。
安知清流转[4]，偶与前山通。
舍舟理轻策[5]，果然惬所适[6]。
老僧四五人，逍遥荫松柏。
朝梵林未曙[7]，夜禅山更寂[8]。
道心及牧童[9]，世事问樵客。
暝宿长林下[10]，焚香卧瑶席[11]。
涧芳袭人衣，山月映石壁。
再寻畏迷误，明发更登历[12]。
笑谢桃源人[13]，花红复来觌[14]。

　　此诗堪称游记，却不平铺直叙，而是以腾挪跌宕的笔法，将游赏石门精舍的经过写得风生水起。

　　首四句以落日山水起，写其游兴已浓，为游精舍做足铺垫。"遥爱云木秀"四句，将沿途峰回路转的风光写出，更把发现蓝田山的偶然和传奇写得出神入化。这与《桃花源记》中武陵人偶入桃花源极为近似，不过此诗更为简练，似乎也更准确地传达出偶然发现的惊愕感。后世的"舟行若穷，忽又

无际"(柳宗元《袁家渴记》)和"旧时茅店社林边,路转溪桥
忽见"(辛弃疾《西江月·夜行黄沙道中》),都与此命意相近,
佳趣却各有不同。

　　诗人游赏路径是从水路到山路,再到石门精舍,这也与
《桃花源记》近似。或许因此,诗人将石门精舍看做了桃花
源,在诗中并不涉及佛寺的庄严和佛理的精深,而是着重记叙
佛寺的与世隔绝和幽静闲适,进而表达了诗人隐居山林、妙悟
禅心的人生追求。其写山寺幽远静谧,下笔委曲转折,变幻莫
测,似有章法却又无迹可寻,常被后世称颂。

1　蓝田:今陕西蓝田,蓝田山在其东南。石门精舍:盖指蓝田
山佛寺名。

2　信:听凭,凭信。归风:回风,旋风。

3　缘:沿,顺着。

4　安知:岂知,哪知。

5　策:手杖。

6　惬:惬意,满足。适:往,到。

7　朝梵:晨起念经。

8　夜禅:夜晚坐禅。坐禅是佛教修行的一种方法,指在屏息
端坐,静修佛法。

9　道心:即菩提心,指对佛理的觉悟之心。

10　暝：日落，天黑。长林：高大的树林。

11　瑶席：形容席面光洁如玉。

12　明发：黎明。登历：登临游历。

13　谢：告辞。桃源人：这里指佛寺僧人。

14　觌（dí）：相见。

山　中

荆溪白石出[1]，天寒红叶稀。
山路元无雨[2]，空翠湿人衣[3]。

　　苏轼称王维此诗为"诗中有画，画中有诗"（《书摩诘〈蓝田烟雨图〉》）之作。确实，诗人以浓绿作为画布底色，其上勾勒出白石一路而下，仿佛能听到溪水流荡；几片红叶飘零，仿佛能听到秋声切切。"白""红"相映，极为冷艳清奇，真为画中神来之笔。

　　然而，此诗仍有绘画所难到之处，那浓郁的山色弥漫流动，仿佛阴湿行人的衣襟，这是色彩的流动，是人与景的交融，更是一种美的享受。

　　张旭《山中留客》："山光物态弄春晖，莫为轻阴便拟归。纵使晴明无雨色，入云深处亦沾衣。"与此诗相似。

1　荆溪：即长水，又称荆谷水，源出陕西蓝田，流经长安，注入灞水。
2　元：同"原"，本来。
3　空翠：指山间潮湿的雾气。

赠刘蓝田[1]

篱中犬迎吠，出屋候柴扉。
岁晏输井税[2]，山村人夜归。
晚田始家食[3]，馀布成我衣[4]。
讵肯无公事[5]，烦君问是非。

———　　王维诗中表现农民生活疾苦的比较少见，此诗是其中
一首。诗题为"赠刘蓝田"，实为代农人赠，用语敦厚，气味
醇正。

上四句写农家之景淳朴安乐，似有意赞美刘蓝田之政，为
末句的追问做好铺垫，用意颇深。后四句全用农人口吻，写生
活之苦和心中之困惑。"晚田始家食，馀布成我衣"，道尽苛捐
杂税压榨下的农人不堪忍受的苦痛，这不仅是物质上的匮乏，
更是尊严上的缺失。末二句婉转委曲，稍作讽刺却留有馀地，
绝不怨天尤人。

诗人命意中和，温柔平易，但客观而言其抨击封建税制的
力度并不大。

———　　1　刘蓝田：生平不详，时任蓝田县令。蓝田，见《蓝田山石门
精舍》注。

2   岁晏：岁末。输：缴纳，交出。井税：田税。

3   晚田：这里指晚熟的田地。

4   馀布：这里指缴纳朝廷后剩下的布料。

5   讵肯：岂能。

山中送别

山中相送罢，日暮掩柴扉[1]。
春草明年绿，王孙归不归[2]？

———　"黯然销魂者，唯别而已矣！"（江淹《别赋》）王维却把离别写得淡远高古，不言悲伤，只明白如话，而能韵味悠长。

一句"相送罢"淡淡写来，离绪似有还无。紧接一个"日暮掩柴扉"的日常动作，离别的忧伤怅惘如反刍一般涌出。第三句转写推想，充满了春天的气息。有版本为"春草年年绿"，"年年"是一种循环往复，"明年"则给人一种希望和惊喜，似乎更妙。末句以盼归作结，设一问句，留不尽思念在其中，正如黄培芳所说："此种断以不说尽为妙，结得有多少妙味"（《唐贤三昧集笺注》）。

———　1　柴扉：柴门。
2　王孙：见《山居秋暝》注。

早秋山中作

无才不敢累明时[1]，思向东溪守故篱[2]。
不厌尚平婚嫁早[3]，却嫌陶令去官迟[4]。
草间蛩响临秋急[5]，山里蝉声薄暮悲[6]。
寂寞柴门人不到，空林独与白云期[7]。

    诗题为"早秋山中"，诗人却从山外发端。首二联自嘲无才不得重用，不如趁早归隐，不言山中之事，却已蕴含山中早秋之凄冷。

    孟浩然有句云"不才明主弃，多病故人疏"（《岁暮归南山》），将不遇归咎于君主。此诗则温厚和平，只自愧无才，却暗含官场黑暗以及自己的愤懑。五六句描摹早秋声响，急切的蟋蟀和悲戚的秋蝉错落叠出，有如一部交响乐，将早秋的凄厉和阴冷表现淋漓。末二句则避开心情怨愤和秋景萧瑟，只写孤独寂寞。在王维诗中，"白云"是一个典型意象，它仿佛诗人心情日记，记录下"行到水穷处，坐看云起时"（《终南别业》）般自由，以及"空林独与白云期"般落寞孤寂。

1 累：拖累，牵连。
2 东溪：古水名，在嵩山东峰，为王维早年隐居之所。

3　尚平：即尚长，一作"向长"，字子平，东汉隐士。尚平将家中男女嫁娶之事办完，便与好友一起游赏五岳名山，不知所终。

4　陶令：即陶渊明，曾任彭泽令，八十多天便弃官而去，归隐田园。

5　蛩（qióng）：即蟋蟀。

6　薄暮：傍晚。薄，靠近，迫近。

7　期：约定，约会。

酬张少府[1]

晚年惟好静，万事不关心。
自顾无长策[2]，空知返旧林[3]。
松风吹解带[4]，山月照弹琴。
君问穷通理[5]，渔歌入浦深[6]。

———

暮年晚景，多有凄苦之音："而今听雨僧庐下，鬓已星星
也。悲欢离合总无情，一任阶前点滴到天明。"（蒋捷《虞美
人·听雨》）王维晚年则素心恬淡，萧然世外。他对现实不
满，却反说"万事不关心"，自嘲"自顾无长策，空知返旧林"。
其实，他更愿意享受晚年幽静的时光，倚松风，狎山月，弹琴自
娱，人完全融于景中，笔意高远，逍遥自得。

尾联尤妙，紧扣"酬"答之意，设问却不答，反以一曲渔歌
洒然做结，大有《坛经》"无是无非，无住无往"之意。此诗毫
不矫揉造作，也不诡秘奇幻，"理"蕴景中，清新流畅，令人回
味无穷。

———

1　酬：酬唱，以诗词互相赠答。张少府：生平不详。少府，县
尉的别称，为县令之佐。
2　长策：见《送孟六归襄阳》注。

3　空：只，仅。

4　解带：解开衣带。古时上朝见客须束带，闲处常解带而居。

5　穷通：穷困与显达。

6　浦：水边或河流入海处。《楚辞·渔父》载："渔父歌曰:'沧浪之水清兮，可以濯吾缨；沧浪之水浊兮，可以濯吾足。'"此句暗用此事。

秋夜独坐

独坐悲双鬓，空堂欲二更¹。
雨中山果落，灯下草虫鸣。
白发终难变，黄金不可成²。
欲知除老病³，惟有学无生⁴。

———

　　秋雨绵绵，秋草瑟瑟。诗人独坐空堂，聆听自然，观照自我，是为此诗。前二联沉痛迫切：一"独"一"空"点出暮年处境的孤独与空寂，"欲"字尖新，可以想见诗人慢慢捱到二更天的煎熬；凄切的雨声、虫鸣声中，诗人居然能清晰地辨别山果熟落的声响，如此微细的静观需要怎样空寂的心境啊？所谓见微知著，因山果熟落、秋虫低鸣，诗人反观自己，更加深了对暮年晚景的认识与哀伤，故有后二联直截了当的抒怀，想在佛理中寻求解脱。

　　全篇一气说下，平易浑成。"雨中山果落，灯下草虫鸣"，点缀平常语，理趣盎然，例被称颂。王士禛曾说："（此联）妙谛微言，与世尊拈花，迦叶微笑，等无差别。"（《带经堂诗话》）

———

1　更：古时夜间计时单位，一夜分为五更，每更相当于现今两个小时。二更即晚21点至23点之间的一段时间。

2　黄金：古时方士、道士常烧炼丹砂而成黄金，称此术为黄白之术。相传，丹砂烧炼成的黄金铸成饮食器皿，用之可延年益寿。此句化用江淹《从建平王游纪南城》"丹砂信难学，黄金不可成"句。

3　老病：衰老和疾病。

4　无生：见《登辨觉寺》注。

菩提寺禁裴迪来相看说逆贼等
凝碧池上作音乐供奉人等举声便
一时泪下私成口号诵示裴迪[1]

万户伤心生野烟[2]，百官何日再朝天[3]？
秋槐叶落空宫里，凝碧池头奏管弦。

　　诗人被拘，听闻旧时乐工犹为亡国落泪，不禁悲痛欲绝，是为此诗。"万户"写百姓，"百官"写旧臣，一正叙一反问，亡国之痛已流注笔端。第三句一转，写宫殿冷落，"秋槐"已够凄凉，又添"叶落"，更假以"空宫"，七字中悲戚一层紧似一层，顿挫有力，沉郁之至。

　　末句呼应诗题，以凝碧池上管弦之声作结，馀音渺渺，不绝于耳。有人说此为暗讽，认为李唐王朝的败落全因沉迷声色。其实，将其解释为第三句的延续似乎更合适，唐宫冷落，叛贼却在奏乐狂欢，两相对照，拗怒悲愤不由得溢出言外，有无限说不出的情绪令人揣想。相传，叛乱平定后，曾受伪职的王维获罪，最终因此诗而豁免。

1　菩提寺：唐寺院名，故址在今河南洛阳城南龙门。至德元载（756年），王维被安禄山拘禁于菩提寺中。裴迪：见《春日与裴迪过新昌里访吕逸人不遇》注。逆贼：这里指安禄山。
凝碧池：在洛阳禁苑中。供奉人：在宫中侍奉天子之人，这里
专指乐工。至德元载八月，安禄山在凝碧池宴请群臣，命乐工
奏乐。梨园弟子唏嘘泪下，乐工雷海清更不胜悲愤，掷乐器于
地，西向恸哭。安禄山大怒，将其绑缚肢解。口号：见《崔九
弟欲往南山马上口号与别》注。

2　野烟：战火，这里指安史之乱爆发。

3　朝天：朝见天子。

和贾舍人早朝大明宫之作 [1]

绛帻鸡人送晓筹 [2]，尚衣方进翠云裘 [3]。
九天阊阖开宫殿 [4]，万国衣冠拜冕旒 [5]。
日色才临仙掌动 [6]，香烟欲傍衮龙浮 [7]。
朝罢须裁五色诏 [8]，珮声归向凤池头 [9]。

　　贾至有《早朝大明宫》作，王维、岑参、杜甫相继唱和，为一时佳话。此诗下笔便言宫中之"早"，鸡人报晓、内侍送衣，画面感极强，浏亮促迫，惹人注目。

　　后二联言"早朝"，一字未言帝王之尊，却字字不离。额联大处落笔，"九天阊阖"喻地位之高，且造成宫门层层开启的既视感。"万国衣冠拜冕旒"，"衣冠"与"冕旒"对比，又从臣子角度写出帝王尊贵。"香烟欲傍"则有依附之意，物犹如此，何况人乎？尾联写早朝后当值，以丁丁作响的珮声作结，见出中书舍人的悠然。此诗亦有缺点，三四联失黏，第七句三仄尾，且有重字"衣"。

　　后世尝较此贾、王、岑、杜四诗之短长，评其优劣：苏轼赏杜甫之"旌旗日暖龙蛇动，宫殿风微燕雀高"；杨万里赏岑参之"花迎剑佩星初落，柳拂旌旗露未干"；胡震亨则称此诗最为"擅场"（《唐音癸签》）。然而正如纪昀所言："此种题目无性情风旨之可言,仍是初唐应制之体。但色较鲜明,气较生动,各能不失本质耳。后人拈为公案,评议纷纷,似可不必。"(方回《瀛奎律髓汇评》引)

1　和:见《和太常韦薄五郎温汤寓目》注。贾舍人:指时任中书舍人的贾至,字幼邻,河南洛阳人。舍人,中书舍人,掌草拟诏旨。大明宫:即蓬莱宫,见《奉和圣制从蓬莱向兴庆阁道中留春雨中春望之作应制》注。

2　绛帻(jiàngzé):红色头巾。鸡人:古时宫中夜间报更之人,天将亮时,头戴红巾,在朱雀门外高声喊叫,以警百官,故名鸡人。晓筹:拂晓的更筹,指拂晓时刻。筹,即更筹,报时的竹签。

3　尚衣:唐时掌管帝王服冕的官员,隶属殿中省尚衣局。翠云裘:饰有绿色云纹的皮衣。

4　九天:古人认为天有九重,又称九霄,后来用指帝王或朝廷。阊阖:原指传说中的天门,后泛指宫门或都城城门。

5　万国:万方,万邦。衣冠:见《田园乐七首(其四)》注。冕旒(liú):古代大夫以上官员的礼冠,后专指王冠。这里代指帝王。旒,礼冠前后悬垂的玉串,天子之冕有十二旒。

6　仙掌:指铜仙人手掌,汉武帝时铸造铜仙人擎承露盘。一说即掌扇,又称障扇,宫中的一种仪仗,用以蔽日障尘。

7 香烟：这里指朝会时殿中熏香。衮龙：帝王龙袍上绣饰的
云龙。衮，天子礼服，上绣龙，又称龙衮、卷龙衣。

8 五色诏：用五色纸所写的诏书。

9 珮：玉佩，见《酬郭给事》注。凤池：即凤凰池，原为禁苑中
池沼，因中书省设在禁苑，故用来代指中书省。

晚春严少尹与诸公见过 1

松菊荒三径²，图书共五车³。
烹葵邀上客⁴，看竹到贫家⁵。
鹊乳先春草⁶，莺啼过落花。
自怜黄发暮⁷，一倍惜年华。

——　　晚春待客，推杯换盏，雅兴阑珊，唱酬以对，王维诗便叙此中情事。

　　首联化用典故，写隐居待客浑然无迹。次联写主宾雅会，一句主一句宾，句间又交错相应，即"烹葵"与"贫家"、"上客"与"看竹"，浑脱精雅。五六句切诗题"晚春"，承上启下，写春光易逝：刚刚还是春草未生喜鹊孵卵，转眼便是黄莺娇啼声中已落花满地。春光易逝喻韶华易老，赋中有比，意在言外。尾联见意，因晚春想到暮年，劝勉自己更加珍惜年华，拈出主题。

　　全篇自然清新，神韵天成，是盛唐人手笔。

——　　1　严少尹：即严武，字季鹰，华州华阴（今陕西华阴）人，时任京兆少尹。少尹，唐时在京兆、河南、太原等府置府尹一员，少尹即为府尹副职，设二员。

2　三径：庭园间的小路。这里用陶渊明"三径就荒，松菊犹存"（《归去来兮辞》）句意。东汉蒋诩隐居，曾在屋舍中开三径，只愿与隐士求仲、羊仲往来。

3　五车：形容书多。《庄子·天下》载："惠施多方，其书五车。"

4　葵：即露葵，见《偶然作六首（其二）》注。上客：尊贵的客人。

5　看竹：见《春日与裴迪过新昌里访吕逸人不遇》注。

6　乳：指鸟雀孵卵。

7　黄发：老年人白发久了，颜色便发黄，故称黄发。

春夜竹亭赠钱少府归蓝田 [1]

夜静群动息[2]，时闻隔林犬。
却忆山中时，人家涧西远。
羡君明发去[3]，采蕨轻轩冕[4]。

　　此诗写送别，极言幽静之景和隐居之情，只着第五句言离别之事，毫不做作，自然天成。

　　首二句破题，写春夜竹亭之静，先言"群动息"，又衬偶尔的隔林犬吠，更见夜静竹亭幽。中二句意脉似承非承，不写送别，反以"却忆"写及旧日隐居之事，衬今夜景色之幽，更启下二句之艳羡。"采蕨轻轩冕"，对友人的轻视富贵表示称颂，更道出诗人内心对恬淡闲适的追求。"人家涧西远"，切中诗人苏世独立的高蹈情怀，素淡清远，朴质情深。

1　钱少府：即钱起，字仲文，吴兴（今浙江湖州）人。时为蓝田县尉。少府，见《酬张少府》注。蓝田：见《蓝田山石门精舍》注。

2　群动：各种动物。

3　明发：即黎明。

4　蕨：即蕨菜，野生可食。轩冕：古时大夫以上官员的车乘和冕服，后借指官位爵禄。

别弟缙后登青龙寺望蓝田山 [1]

陌上新别离，苍茫四郊晦[2]。
登高不见君，故山复云外[3]。
远树蔽行人，长天隐秋塞。
心悲宦游子[4]，何处飞征盖[5]？

此诗为别后登临之作，除别离之情外还充满诗人的担忧与思念。诗人视角几度转换，即情即景，写得有声有色。

首二句立足陌上，平望四野，写凄凄别情。"苍茫""晦"不仅写景色荒凉，更写诗人内心的失落与昏暗。三四句是登高远望，不仅不见远行之人，更不见曾经隐居的蓝田山。辋川蓝田，在王维笔下常代表着精神上的坚守和追求。如今远望不得，在别离之外更添精神追求的落空。五六句四顾茫然，只有远树长天，不见行人秋塞，逼出末二句离别和思念的悲伤。诗以反问句作结，仿佛能听到游子驾车前行的隆隆声，牵出悠长的思念。

1 弟缙：王维胞弟王缙，字夏卿。少好学，与其兄王维俱以文辞著名，及第为官，官至门下侍郎，同中书门下平章事。青龙寺：唐寺院名，故址在今陕西西安东南铁炉庙村北。蓝田山：

见《蓝田山石门精舍》注。

2　晦：昏暗。

3　故山：指蓝田山。

4　宦游子：出外做官或求官的人。

5　征盖：指远行之车。盖，车盖。

送杨长史赴果州[1]

褒斜不容幰[2]，之子去何之[3]？
鸟道一千里[4]，猿啼十二时[5]。
官桥祭酒客[6]，山木女郎祠[7]。
别后同明月，君应听子规[8]。

———

"蜀道之难，难于上青天！"（李白《蜀道难》）诗人从此落笔，写友人去蜀之路途诡异艰险，一气而下，直令行者胆战，送者心惊。

首联冲口而出，设一问句：你知道你要去的是怎样艰险的地方吗？准确地写出送者的错愕与吃惊。称"之子"而不称"君"，也透露出二人交谊，别有深意。中二联承上而下，将蜀道之难具化：三四句写道路艰险异常，摹写精工，鸟道如在目前，猿啼若在耳畔；五六句写气氛诡秘阴森，用典浑化，司空曙"山村枫子鬼，江庙石郎神"（《送流人》）酷似此联。结以子规寓兴，寄托未分离就已生出的无尽想念与担忧。

此诗用笔凄楚荒凉，风骨卓然，"绝似太白"（锺惺《唐诗归》）。

———

1　杨长史：杨济，时任果州长史。果州：唐州名，治所在今四川南充。

2 褒斜:即褒斜道,在终南山,是由陕入蜀的交通要道。幰(xiǎn):车上的帷幔,这里泛指车辆。

3 之子:此人,这里指杨长史。之:往,到。

4 鸟道:形容山路险峻。

5 十二时:一整天。古时将一日一夜分为十二时,与十二地支相配,即子时、丑时等。

6 官桥:官路上的桥梁。祭酒客:用东汉五斗米教主张鲁典。张鲁自号师君,其来学者初名为鬼卒,后名祭酒。各祭酒率教众在道路上起义,置米酒给予行旅。这里指为行旅之人祈福的道士或巫师。

7 女郎祠:在今陕西勉县褒城女郎山下,山上有女郎坟,相传葬有张鲁之女张琪瑛。张鲁兵败降魏后,张琪瑛独留勉县传播五斗米道,死后葬于此。

8 子规:即杜鹃鸟,其鸣声像"不如归去",相传为古蜀国君王杜宇魂魄所化。

叹白发

宿昔朱颜成暮齿[1]，须臾白发变垂髫[2]。
一生几许伤心事，不向空门何处销[3]。

　　青春易逝，人生易老，时光悄然间从指缝溜走，有如白驹
过隙。诗人以"宿昔""须臾"两个时间副词，构建相似结构
的对句，刻画出时光飞逝的感觉。上句以"朱颜"对"暮齿"，
下句以"白发"对"垂髫"，当句成对又上下成对，青春与暮年
交错对举，可以想见诗人反复思量人生、又百思不得其解的过
程。第三句承上而下，括尽人生遭遇，将悲恸从岁月流逝扩展
到无数伤心之事，或许命途多舛，或许梦想破灭，又或许更多
不平事。末句宕开，以反问作结，道出诗人已觉得人生厌倦，
试图遁入空门寻求解脱的绝望与悲壮。

　　此诗以"叹"为主题，紧扣"白发"，又不拘于此，笔调苍
老，意境凄凉，动人良深。

1　宿昔：旦夕早晚，比喻时间短暂。暮齿：指晚年。
2　垂髫（tiáo）：古时儿童不束发，发丝下垂，称之"垂髫"。后
用以指儿童。
3　空门：佛门。佛教宣扬万法皆空，并以"悟空"为入道之
门，称为空门。

冬晚对雪忆胡居士家¹

寒更传晓箭²，清镜览衰颜。
隔牖风惊竹³，开门雪满山。
洒空深巷静，积素广庭闲。
借问袁安舍⁴，翛然尚闭关⁵。

　　咏雪诗虽难，但仍有大手笔佳作流传："倾耳无希声，在目皓已洁"（陶渊明《癸卯岁十二月中作与从弟敬远》），是静谧无声的田园之雪；"孤舟蓑笠翁，独钓寒江雪"（柳宗元《江雪》），是清峭凄厉的江上之雪；"终南阴岭秀，积雪浮云端"（祖咏《终南望馀雪》），是清幽飘渺的高山之雪。此诗则是声色兼备的街巷之雪，丰神高雅，热闹清脱。

　　全篇逐联破题，一气而下，浑然天成：首联破"冬晚"，中二联破"对雪"，尾联破"忆胡居士家"；从"衰颜"写到"翛然"，诗人低落情绪经过晚雪洗礼得以解脱，却借忆友口吻道出，意脉连贯又曲折婉转。三四句先隔窗听雪，再开门对雪，是未见其人先闻其声之法，"开门"是一顿挫，表现出十足的惊愕状，颇具戏剧性。五六句一动一静，动中有静，静中寓动，写出大雪那弥漫、覆盖一切的品性，"静""闲"道出了诗人情绪的变化，进而逗出尾联，写忆友以及心情的高蹈闲静。

1　胡居士：生平不详。居士，见《过乘如禅师萧居士嵩丘兰若》注。

2　箭：漏箭。古代计时用的漏壶中，安装有标示时间刻度的漏箭，漏水滴下，刻度依次显露，以此报时。

3　牖：见《老将行》注。

4　袁安：字劭公，东汉汝阳人。居洛阳，家境贫寒。一次大雪过后，洛阳令发现袁安僵卧室中，便问其缘故。袁安回答："大雪天人们都在挨饿，我不该出去乞食干扰别人。"洛阳令因其德高，举为孝廉。

5　翛（xiāo）然：形容自由超脱的样子。

渭川田家¹

斜光照墟落²，穷巷牛羊归³。
野老念牧童，倚杖候荆扉⁴。
雉雊麦苗秀⁵，蚕眠桑叶稀。
田夫荷锄至，相见语依依⁶。
即此羡闲逸，怅然歌《式微》⁷。

　　这是一首田园招隐诗，与陶渊明《归园田居》相似。古人常将二诗比较：有人赞陶诗真素动人，也有人赞王诗精致可人。其实二诗笔法各异，风骨自别，不必相较。

　　此诗纯用白描，以真实而深情的笔触，勾勒了一幅田园晚景，恬静又充满了人情味：夕阳斜照，牛羊下来，有野老牵念牧童；麦间雉鸣，桑隙蚕眠，有田夫亲密交谈。这样清爽如画的场景，这样简朴真诚的生活，怎能不令诗人心生羡慕。

　　"即此"总括前篇，牵出归隐主题。人们常说，归隐常来自对现实的不满、对官场的厌倦，但或许有一部分人只是喜欢与世无争的氛围和真情满溢的淳朴。

1　渭川：渭水，见《奉和圣制从蓬莱向兴庆阁道中留春雨中春望之作应制》注。以下诸诗未能确切编年，姑列于后。

2　墟落：村落。

3　穷巷：陋巷。牛羊归：《诗经·王风》的《君子于役》有"日之夕矣，牛羊下来"句，此处化用。

4　荆扉：见《送綦毋潜落第还乡》注。

5　雉：野鸡。雊（gòu）：野鸡鸣叫。秀：抽穗开花。

6　依依：依恋不舍的样子。

7　式微：《诗经·邶风》的一篇，有"式微，式微，胡不归"句，这里用其归意表达归隐之心。

送　别

下马饮君酒[1]，问君何所之[2]？
君言不得意，归卧南山陲[3]。
但去莫复问[4]，白云无尽时。

　　当世事不遂人意，苏世独立何尝不是一种宽容，对自己也是对世人。

　　王维与友人并辔而行，"送君千里，终有一别"（元无名氏《马陵道》），终于要进行最后的道别了。诗人便以此时的一番问答结构全篇，"问君何所之"是一问，"归卧南山陲"是一答，末句是诗人又一宽慰。一问一答一宽慰，诗心却是"不得意"三字，蕴含着友人和诗人自身对现实的所有不满和郁愤。

　　南朝梁陶弘景有句云："山中何所有，岭上多白云。只可自怡悦，不堪持赠君。"（《诏问山中何所有赋诗以答》）此诗末句便总括陶诗意，"无尽"二字戛然而止，点出山林隐居的无限乐趣，语浅意深，令人涵咏不尽。李白《山中问答》、贾岛《寻隐者不遇》亦用此法结构全篇，各有意趣。

1　饮（yìn）君酒：请君饮酒。

2 之：去，往。

3 南山：即终南山。陲：边。

4 但：只管。

新晴野望

新晴原野旷，极目无氛垢[1]。
郭门临渡头，村树连溪口。
白水明田外[2]，碧峰出山后。
农月无闲人[3]，倾家事南亩[4]。

诗人由近及远，层层推进，描绘了一幅与《山居秋暝》不同的旷野远望图。碧空如洗，极目望去，渡头因雨水的补给，已临近外城，与村外绿树相接，流向远方。更远处，水流在阳光照耀下，格外明亮，碧绿的山峰连绵起伏，看不到尽头。雨后新晴，空气就是这样清透干净，仿佛一切都光鲜明丽起来。

诗人紧紧抓住"新晴"二字，描写了初夏雨后水涨的情形，下笔用色明亮单纯，只以"白""碧"对比构图，纯净爽利。这样清爽的画面上，诗人以躬耕南亩的农人们稍作点缀，便一派闲适美好，令人钦羡。

1　氛垢：尘雾。
2　白水：化用谢朓《还途临渚联句》"白水田外明，孤岭松上出"。

3　农月：农事繁忙的月份。

4　倾家：全家出动。南亩：农田。古人开辟田地多朝南向，故有是称。

寒食城东即事[1]

清溪一道穿桃李，演漾绿蒲涵白芷[2]。
溪上人家凡几家，落花半落东流水。
蹴鞠屡过飞鸟上[3]，秋千竞出垂杨里[4]。
少年分日作遨游[5]，不用清明兼上巳[6]。

　　此诗是王维出游所见。春风得意、少年游赏的画面似乎深深地感染着诗人，所以诗人将其写得明朗轻快，气象雍容。

　　上四句写春景，动静结合，错落有致：首句"穿"字，说不尽清溪几经婉曲，桃李几多幽深；三四句"家""落"各用两次，似随意拈取，却自有舒缓闲适的情调。五六句写少年，在浓郁春色中稍作点缀，洋溢着青春活泼的气息：皮球屡屡越过空中飞鸟，透过垂杨缝隙，秋千在竞相荡漾。"竞出"用意佳，充满了快乐的生活情趣，欧阳修"绿杨楼外出秋千"（《浣溪沙》）或本于此。末句用以游玩著称的清明、上巳反衬寒食，回扣诗题，诗意完足。

1　寒食：见《送綦毋潜落第还乡》注。即事：见《山居即事》注。

2　演漾：形容水波荡漾的样子。蒲：见《鸬鹚堰》注。涵：沉浸。白芷：多生于低湿之地，根可入药。

3　蹴踘：即蹴鞠，古时踢球游戏。蹴，踢。踘，古时足球。

4　垂杨：即垂柳，见《戏题盘石》注。

5　分日：指春分之日。

6　上巳：古时将农历三月上旬巳日定为上巳，后将上巳固定在农历三月三日，官民皆到水滨修禊祈福。

过香积寺 ¹

不知香积寺，数里入云峰。
古木无人径，深山何处钟？
泉声咽危石²，日色冷青松。
薄暮空潭曲³，安禅制毒龙⁴。

都道"泉声咽危石，日色冷青松"，诗中有画。"咽""冷"二字一声一色，炼字幽峭，清绝奇妙。然此诗之佳处，不止于此。

题称"过香积寺"，首句却说"不知"，径直走入云雾缭绕的深山，起得超忽浑远。颔联一转，写沿途所见，"古木""深山"，静寂无人，寺钟震响，一种别样的神圣幽寂油然生出。诗人由低到高，从远到近，将访香积寺的过程写足写尽，却并不分一笔写佛寺。尾联由景入理，谈及参禅修道，安于净空的佛家心态。是否到达香积寺已无关紧要，诗人乘兴而来兴尽可去，洒脱飘然中体悟着景色和内心的空寂，幽微复邈，洒脱入神。

1 过：过访，访问。香积寺：唐寺院名，故址在今陕西西安，建于唐高宗永隆二年（681 年）。

2 咽：声音滞涩，呜咽。危：高的，陡的。

3　薄暮：傍晚。曲：水流弯曲的地方，也指幽深之处。

4　安禅：佛家语，指静坐入定，进入身心俱忘的境界。毒龙：

佛家语，比喻妄心邪念。

送梓州李使君[1]

万壑树参天[2]，千山响杜鹃[3]。
山中一半雨，树杪百重泉[4]。
汉女输橦布[5]，巴人讼芋田[6]。
文翁翻教授[7]，不敢倚先贤[8]？

　　送别诗多切题而为，像此诗这样悬想自然、笔端如画的甚为少见。一句"万壑树参天"如天外飞来，高调摩云，陡然间仿佛置身巴蜀之地的崇山峻岭中，茂密的参天古树，漫山凄切的杜鹃声，真可谓起势卓越、惊人绝艳之笔。颔联为流水对，分承"山""树"而下，山雨过后，飞泉百道，仿佛从层层叠出的树梢上涌出。真可谓妙语天成，令人称奇。

　　上二联切梓州之景，下二联分别切梓州风俗和友人身份，将"送"意托出。此诗宛若上下二截，诗人也不调和，只一气而下，将送别写得如同山林隐逸诗般的神韵横出。"一半雨"，一说"一夜雨"，论者或以为一半雨便能出百泉，全部雨当更为壮观，或以为"一夜""百重"相应，可见夜雨滂沱、悬瀑万壑之态，各有佳处。

1　梓州：隋唐州名，治所在今四川三台。李使君：李叔明，字晋卿,曾任东川节度使、遂州刺史,后移镇梓州。一说为高宗孙李璥之子李谦,曾为梓州刺史。

2　万壑:形容山峦绵延起伏。壑,山谷。

3　杜鹃:鸟名,一名杜宇,又名子规,至春则啼,发声哀切。

4　树杪(miǎo):树梢。

5　汉女:蜀地女子。公元 221 年,刘备在蜀称帝,国号汉,故有是称。一说汉女为嘉陵江(古称西汉水)畔少数民族女子。输:缴纳。橦(tóng)布:木棉花织成的布,又称賨(cóng)布。橦,木棉树。

6　巴:古国名,在今四川一带。芋田:蜀中产芋头,故有是称。

7　文翁:名党,字仲翁,汉景帝时为蜀郡太守,兴教育、举贤能,使巴蜀逐渐开化。翻教授:改变旧制,一新教化。

8　不敢:敢不。先贤:这里指文翁。

观　猎

风劲角弓鸣[1]，将军猎渭城[2]。
草枯鹰眼疾[3]，雪尽马蹄轻。
忽过新丰市[4]，还归细柳营[5]。
回看射雕处[6]，千里暮云平。

出猎之诗，盖无出苏轼《江城子·密州出猎》及此诗之右：苏轼写暮年豪气，饱含建功情怀；王维写壮年逸兴，充满进取精神。

此诗发端近古，结有馀味。首联先虚写风劲送弓鸣，再点题面"观猎"，正所谓未知其事先闻其声，"直疑高山坠石，不知其来，令人惊绝"（方东树《昭昧詹言》）。中间二联流转而下，先以"鹰眼疾""马蹄轻"摹状射猎挐云之势和轻盈之态，再以"忽过""还归"写猎毕归来，景中有人，人中有景，极尽笔墨勾勒了出猎的迅捷和壮阔。诗意至此似乎已尽，诗人却又从"观"生出"回看"之意，以景语作结，浑茫雄健，绝尘脱俗。诗中嵌入三地名，暗用典故，却浑化无迹，圆转活泼。

1　角弓：见《出塞作》注。
2　渭城：见《送元二使安西》注。

3 疾：急速，猛烈。

4 新丰市：见《少年行四首(其一)》注。

5 还：同"旋"，迅速。细柳营：汉时大将周亚夫屯兵之地，在今陕西咸阳。

6 射雕：据《北齐书·斛律光传》载，斛律光校猎，射中大雕，人称"射雕手"。这里暗用此典，形容将军擅射。

送杨少府贬郴州 [1]

明到衡山与洞庭 [2]，若为秋月听猿声 [3]？
愁看北渚三湘近 [4]，恶说南风五两轻 [5]。
青草瘴时过夏口 [6]，白头浪里出溢城 [7]。
长沙不久留才子，贾谊何须吊屈平 [8]！

　　送别被贬友人，诗人虽不平满腹，却软语安慰，用意忠厚，偶露愤慨，也能深婉屈曲。首二句不作应酬铺垫，直笔探入友人到郴州之事，真有“勾魂摄魄之笔”（金圣叹《圣叹外书》），哀婉忧愤。次联回笔写征程，不说惜别之情和路途之苦，反说南风可恶，巧妙委曲，神韵天成。后二联笔意宕开，遥想明年友人再获起用，乘船归京，用语肯定，快意淋漓。全诗凡七用地名，却错落自然，毫不滞涩。尾联反用典故，与李白“圣主恩深汉文帝，怜君不遣到长沙”（《巴陵赠贾舍人》）命意相同。“不久”“何须”虚字传情，用意良深。

1　杨少府：生平不详。少府，见《酬张少府》注。郴州：唐州名，今湖南郴州。
2　明：明日。衡山：又称南岳，在今湖南衡阳。洞庭：即洞庭湖，位于湖北、湖南之间的长江中段荆江南岸。

3 若为:怎堪。

4 北渚:北面的水崖,此处盖指湘水中的沙洲。三湘:见《汉江临眺》注。

5 五两:见《送宇文太守赴宣城》注。

6 青草瘴:指岭南春夏之交时所生的瘴气。夏口:古城名,故址在今湖北武汉黄鹄山上。

7 溢城:古城名,唐时称为浔阳,在今江西九江。

8 贾谊:西汉洛阳人,汉文帝时因有才华欲被重用,为大臣所忌,被贬长沙王太傅,过湘水作《吊屈原赋》以自伤。屈原:名平,战国时楚国大夫。被谗放逐,作《离骚》,后投水汨罗江。

杂诗三首

其　一

家住孟津河[1]，门对孟津口。
常有江南船，寄书家中否？

——　三首《杂诗》是组诗，几番转换口吻，以两地书的方式写出了思妇与行人的相思之情。此首为思妇念远之作。诗人并未大肆铺叙主人公的心理，也不张扬思妇的愁苦，只将她切切盼望家书的瞬间写出。所谓"家书抵万金"（杜甫《春望》），诗人拈出家书作一设问，质朴却又极为缠绵。首二句"孟津"二出，看似繁复啰嗦，却造成了紧促迫切的感觉，是期盼家书的急切心情的直观体现。其整体结构为先言"家"，再言"门"，最后到人，镜头一步步推近，画面感极强。

其　二

君自故乡来，应知故乡事。
来日绮窗前[2]，寒梅著花未[3]？

——　此诗又为行人声口，与第一首的缠绵不同，而是深婉有致，淡远绝妙。诗人延续上一首的特点，仍作一设问，拈一微物，不浓墨重彩，也不冗长铺叙，无尽思念却溢于笔端。

　　王绩有诗《在京思故园见乡人问》云："……衰宗多弟侄，若个赏池台？旧园今在否？新树也应栽。柳行疏密布，茅斋宽窄裁。经移何处竹？别种几株梅。渠当无绝水，石计总生苔。院果谁先熟？林花那后开？……"与此诗同一命意，却有着相异的表现方式，各有所长。

　　此诗首二句"故乡"迭出，与上一首"孟津"同，亦含有殷切之意。第三句"来日"一转，镜头由诗人推远至故乡的寒梅，以景作结。"绮窗前"三字含情无限，与问梅互相映衬，可见诗人避重就轻之意：问梅是其一，更重要的是问绮窗中人，着实令读者涵咏不尽。

其　三

已见寒梅发，复闻啼鸟声。
愁心视春草[4]，畏向阶前生。

　　此诗再为思妇口吻，与上首恰好构成了一答一问。思妇先言寒梅早发，春日更深，也已鸟鸣啾啾。"鸟啼"已蕴思念之意，所谓"打起黄莺儿，莫教枝上啼。啼时惊妾梦，不得到辽西"（金昌绪《春怨》）。诗人再进一步，写愁心亦如春草，越来越浓郁。"愁心"二字，一作"心心"，似乎更能体现思念中那种煎熬的心绪。"畏向阶前生",既以春草萋萋映衬内心忧愁,又暗用比兴,写出离愁慢慢积聚,直到令人生畏的程度,暗含"离恨恰如春草,渐行渐远还生"(李煜《清平乐》)之意。

《杂诗》三首可谓各具其妙,锺惺称:"前二章问人,仓卒得妙;后一章自语,闲缓得妙,各自含情。"(《唐诗归》)

1　孟津河:指流经孟津的那一段黄河。孟津,又称盟津,古渡名,在今河南孟津。

2　来日:来的时候。绮窗:雕画花纹的窗子。

3　著花:开花,生花。

4　春草:这里用《楚辞·招隐士》"王孙游兮不归,春草生兮萋萋"之意。

书　事

轻阴阁小雨¹，深院昼慵开²。
坐看苍苔色³，欲上人衣来。

微雨过后，天色稍阴，空气中透着一股潮湿。"深院昼慵开"，诗人闲闲地出场，带着恬静而适意的气息。他独坐院中，久久地注视着青翠的苔藓。有那么一瞬，仿佛苔藓的青翠有了灵性，顺着潮湿的空气，慢慢爬绿了诗人的衣襟。

诗人抓住这一幻觉，将雨后青苔鲜翠欲滴刻画得如此可爱，如此富有动感。此诗看似寻常，却蕴含着一种静观万物、与万物沟通交流的艺术精神。王安石有《春晴》："山中十日雨，雨晴门始开。坐看苍苔文，欲上人衣来。"全脱胎于此。

1　轻阴：微阴的天色。阁：同"搁"，搁置，停止。
2　昼：白天。慵（yōng）：慵懒。
3　苍苔：青色苔藓。

送沈子福归江东[1]

杨柳渡头行客稀，罟师荡桨向临圻[2]。
惟有相思似春色，江南江北送君归。

　　渡头送客，杨柳依依。行客越来越少，王维与友人却仍不忍分别。然而"留恋处、兰舟催发"（柳永《雨霖铃》），"行客""罟师"的无情与漠不关心，反衬出自己的用情之深。前二句写景，后二句写情，情中生景，景映别情。那无边无际的春色，那无穷无尽的相思，在诗人笔下合二为一。相思有如浓郁的春色，无处不在又无时不同，江南江北追随着友人。着一"送"字，将春色拟人，幻想无极，以友谊的"浓情蜜意"撼动人心。

　　李白"我寄愁心与明月，随君直到夜郎西"（《闻王昌龄左迁龙标遥有此寄》），与此诗后二句命意相同。高启"安得身如芳草多，相随千里车前绿"（《车遥遥》），盖脱胎于此。

1　沈子福：生平不详，诗人朋友。江东：见《送丘为落第归江东》注。
2　罟师：渔夫，这里指船夫。临圻（qí）：临近曲岸之地，这里盖指江东近岸之地。圻，弯曲的河岸。